As perfeições

Vincenzo Latronico

As perfeições

tradução
Bruna Paroni

todavia

Para Alma

Aí estava a verdadeira vida, a vida
que queriam conhecer, que queriam levar.

Georges Perec, *As coisas*

I.
Presente

A luz do sol se espalha pela sala através da bay window, tinge de esmeralda as folhas perfuradas de uma costela-de-adão tropical, vasta como uma nuvem, até se refletir no piso de tábuas largas cor de mel. Os caules tocam de leve o encosto de uma poltrona estilo escandinavo, sobre a qual está apoiada uma revista aberta, com a lombada virada para cima. O verde resplandecente da planta, o vermelho da capa, o azul-petróleo do estofado e o ocre pálido do chão se destacam perante o branco acetinado das paredes, evocado por uma ponta do tapete claro que se desvanece nas margens da imagem.

A imagem seguinte mostra o prédio visto de fora, um edifício art nouveau com cornijas decoradas com folhas de acanto e frutas cítricas de cimento. O branco da fachada escapa por baixo de uma camada de grafites neon, pedaços de cartazes velhos, tinta descascada; os frontões de estuque do andar nobre já quase não se distinguem debaixo da crosta de imundice. O luxo dos primeiros anos do século XX e a sujeira áspera da contemporaneidade se entrelaçam em uma atmosfera livre e decadente, com um toque de erotismo. Há duas janelas fechadas com pedaços de compensado desbotado, mas por trás das outras se entreveem plantas e cordões de luz. De uma das sacadas, uma cascata de hera se esparrama em direção à calçada.

A cozinha tem azulejos retangulares brilhantes e em alto-relevo; uma bancada de madeira maciça; uma farm sink; nas prateleiras, antigos frascos farmacêuticos com arroz e cereais, especiarias e café; pratos esmaltados de cor azul e branca; na barra de ganchos, panelas de ferro fundido e colheres de pau de oliveira. Sobre a bancada, a chaleira elétrica em aço escovado e o bule de chá japonês, o liquidificador vermelho. Há também pequenos vasos de barro com temperos no parapeito da janela, manjericão e hortelã e cebolinha, mas também segurelha, manjerona, coentro, dill. A mesa é uma antiga bancada de mármore, com cadeiras escolares restauradas. Uma luminária sanfonada a ilumina, presa à parede entre a litografia botânica de uma araucária e um cartaz britânico dos tempos de guerra.

Depois, a sala de estar, cheia de plantas de fácil cultivo, mas hipertróficas, zeladas pelo ninho envidraçado formado pela bay window: a costela-de-adão exuberante, cujas folhas lustrosas se estendem para fora da janela; uma fícus lyrata que cresce em um grande vaso de cimento; duas prateleiras repletas de hera inglesa e peperômias pendentes, colar-de-pérolas e pileas, com suas folhas trançadas que chegam até o assoalho. Em um canto, em cima de alguns banquinhos e gavetas viradas de cabeça para baixo, há uma pequena selva de alocásias, eufórbias gigantes, fícus benjamina e filodendros lanosos, estrelícias e comigo-ninguém-pode. Para além do vidro da porta-balcão, a sacada com duas cadeiras, uma mesinha com um cinzeiro de porcelana, um fio de lâmpadas.

Da perspectiva oposta, vê-se o restante da sala de estar: um sofá baixo e uma poltrona dinamarquesa — mogno levemente abaulado, algodão cru azul-petróleo; uma coberta de tweed com motivo espinha de peixe; um cabo elétrico encapado com tecido azul noturno e uma lâmpada com filamento em zigue-zague; pilhas de edições antigas da *Monocle* e da *New Yorker* em cima de uma mesinha preta de metal, que também comporta um castiçal de latão e um bowl de vidro cheio de frutas. Em seguida, um móvel com porta sanfonada e, sobre ele, estaquias em um vaso de vidro, plantas-aranha e uma semente de abacate germinada; um toca-discos analógico; dois alto-falantes de chão conectados a um pré-amplificador valvulado que se apoia em uma prateleira baixa; um pouco mais acima, uma coleção de discos de vinil, e os álbuns valiosos expostos de frente — uma edição limitada de *In Rainbows*, um original do Kraftwerk. Uma dracena que projeta a sombra com a forma de uma pequena mão. Um cartaz do Primavera Sound.

A unidade da sala de estar é assegurada por um tapete berbere cor de areia com um delicado motivo geométrico. De forma simétrica, as paredes laterais são interrompidas por portas duplas de madeira de demolição, que apresentam ainda fissuras de tinta verde pistache. Estão fechadas, o que dá ao ambiente, não muito grande, um ar confortável e acolhedor, quase abarrotado. É uma sala de estar onde se pode conversar baixinho à meia-luz, em uma noite de inverno. Porém, na imagem seguinte, as quatro folhas das portas, escancaradas, revelam um enfileirado perspectivo dos quartos, acentuado pela simetria das tábuas alinhadas do assoalho.

O cômodo à esquerda é um estúdio para duas pessoas. Há uma grande escrivaninha branca em compensado apoiada em hairpin legs, dividida em duas estações de trabalho simétricas: cada uma com um monitor externo, um teclado wireless, uma luminária pendente, um conjunto de headphones com cores chamativas. Um dos espaços tem uma cadeira de escritório dos anos 70, com o pé cromado e regulável, e o assento modelado; o outro tem uma banqueta ergonômica de ajoelhar feita em madeira e com tecido preto. Uma das paredes é coberta por prateleiras com romances e graphic novels, principalmente em inglês, intercalados com grandes volumes ilustrados — livros sobre Noorda e Warhol, a coleção de Tufte sobre infográficos, as edições da Taschen sobre a história da tipografia e outro volume sobre os saguões dos prédios milaneses. Em vez de aparadores de livros há pequenas suculentas em potinhos de cimento, uma câmera fotográfica estilo Rolleiflex, alguns jogos de tabuleiro — Scrabble, War, Catan. Em um canto, se entreveem o roteador e uma impressora A3.

Uma única imagem mostra o banheiro, iluminado apenas por uma fresta de luz, suficiente para fazer refulgir todas as superfícies refletoras. Uma grande hera pendente drapeia suas folhas sobre o varão da cortina em direção à janela, evocando assim o verde resplandecente do chão de mosaico, que por sua vez reveste também a borda da banheira. Em um armário cilíndrico com portas de correr, destaca-se o skyline de frascos e ampolas, diferentes entre si, mas com rótulos parecidos — brancos, rosa e cinza-claro —, com os nomes das marcas escritos em caracteres sem serifa e corpo fino.

No lado oposto, há o quarto. Um colchão de casal de altura dupla sobre um painel de tatame. A cabeceira escondida atrás de quatro travesseiros volumosos e o edredom coberto por uma colcha antiga, único toque de cor entre o linho cru das fronhas e da capa do edredom, o branco das paredes e o amarelo pálido dos tatames. Há dois pontos de luz, finos cilindros de metal, por onde desabrocha uma lâmpada de filamento; dois mancebos simétricos próximos a um baú de viagem; um tapete de ioga enrolado em um canto, ao lado de dois pesinhos de academia e duas faixas de alongamento. As imagens são todas nítidas e bem iluminadas, menos uma, que é uma foto desse quarto no escuro, com as cortinas fechadas, as paredes listradas pelas manchas de luz alaranjada que passam pelas frestas da janela quando se acorda tarde e o sol já vai alto, e talvez seja domingo, ou talvez não.

A vida prometida por essas imagens é límpida e concentrada, fácil.

Nessa vida, na primavera e no verão, toma-se café na sacada, aproveitando o sol vindo do leste, folheando o *New York*

Times e conferindo as atualizações das redes sociais na tela de um tablet. Regam-se as plantas, em uma rotina da qual também fazem parte ioga e café da manhã com vários tipos de sementes. Trabalha-se pelo notebook, claro, mas o ritmo é mais de um pintor do que de um funcionário: entre um impulso criativo intenso à escrivaninha e outro, alternam-se passeios, uma videochamada com um amigo que propõe um projeto novo, uma troca de mensagens nas redes, um pulo na feira orgânica atrás de casa. Os dias são longos — as horas trabalhadas são, provavelmente, em maior número do que as de um funcionário. Mas, ao contrário deste, as horas não se contam, porque nessa vida o trabalho desempenha um papel importante, sem oprimir ou chantagear. Pelo contrário: o trabalho é fonte de crescimento e estímulo criativo, ritmo de fundo para a melodia do prazer.

Mas é também uma vida marcada por mil detalhes em que a felicidade encontra espaço. As extensas jornadas são seguidas por uma hora de desconexão forçada, em que se toma um drinque em um bar ou se folheia uma revista aninhado no sofá, desfrutando do calor que contrasta com o frio lá de fora. A atenção à beleza e ao prazer parece dissolver-se no cotidiano como partículas suspensas no ar.

É uma vida feliz, ou assim parece, a julgar pelas fotos no anúncio que oferece o apartamento para aluguel de curto prazo por cento e dezoito euros ao dia; mais a taxa da diarista ucraniana, a ser paga através de um site francês de prestadores de serviço com domicílio fiscal na Irlanda; mais a porcentagem cobrada pela plataforma de aluguéis com escritórios na Califórnia e domicílio fiscal na Holanda, e a do gestor de pagamentos digitais com escritórios em Seattle cuja filial europeia fica em Luxemburgo; mais a taxa turística da cidade de Berlim.

2.
Imperfeito

Nem sempre a realidade era fiel às imagens.

Era daquele jeito quase sempre pela manhã. Ao acordar, a vista das paredes marcadas por faixas desfocadas da luz que passava pelas cortinas os deixava de bom humor. As roupas do dia anterior estavam penduradas nos mancebos. O celular, depois de ter ficado carregando a noite inteira, era um retângulo luminoso sobre um livro aberto mas coberto de pó. Na cama, conferiam os e-mails e as redes sociais, o rosto azulado pela luz da tela; pareciam um casal de jovens profissionais em Berlim, e era exatamente o que eles eram.

Mas assim que pisavam na sala, aquela certeza se desfazia, como uma ligação de celular a princípio clara e que aos poucos vai ficando sem sinal.

As folhas das plantas estavam sempre cobertas por uma camada aveludada de sujeira, cujo brilho parecia atrair cada vez mais rápido. A luz do sol direta iluminava uma nuvem de poeira que dava ao apartamento um ar insalubre, de um lugar fechado por anos; mas no inverno era difícil de arejar, porque as janelas eram velhas e os aquecedores, subdimensionados. O vidro duplo das janelas exigia paciência e limpeza constante, coisa que não acontecia quase nunca, e, na maior parte do tempo, o sol projetava sombras leitosas e constelações de manchas que se faziam cada vez mais invasivas à medida que a primavera desembocava no verão.

A dupla estação de trabalho impunha uma simetria que não correspondia exatamente às suas preferências, pois ele trabalhava quase sempre no sofá, e as xícaras e os post-its e as canetas dela logo colonizavam toda a superfície da mesa, que, aliás, às vezes utilizavam para almoçar e economizar tempo, deixando círculos de gordura na superfície. Como eram só os dois, quase nunca enchiam a lava-louças, então tiveram de comprar um escorredor de pratos de plástico, que ocupava muito espaço na pia da cozinha. Uma toalha velha evitava o contato da água com a madeira, que já tinha começado a inchar.

E ainda havia coisas espalhadas por todos os cantos: cabos recibos a bomba da bicicleta, a chuva incessante de formulários e avisos de pagamento típicos da burocracia alemã, a pomada contra herpes, embalagens de lenços de papel, lenços de papel usados, fragmentos de lenços de papel despedaçados pela máquina de lavar roupas, palmilhas de feltro, o estojo dos óculos de sol, a luva órfã que eles esperavam reunir ao par, fones de ouvido cheios de nós. Eles catalogavam tudo em um instante, abraçando com o olhar os quartos por onde entravam, com a vista ainda embaçada de sono, e, a cada item na lista, crescia neles um mal-estar físico que era mais do que irritação, quase desconforto.

Ao longo do dia, cada objeto fora do lugar, cada sinal de desleixo atormentava o campo de visão deles, impedindo sua concentração. Terminavam uma call ou desviavam o olhar de um e-mail complicado e logo se viam de uma perspectiva externa, entre sobras de comida e lixo e o roupão jogado na poltrona dinamarquesa — e se sentiam um fracasso, impostores em um mundo adulto que descobriria sua inadequação se a câmera das videochamadas tivesse um ângulo mais amplo.

Não era de ordem que eles, tão penosamente, sentiam necessidade. Era de algo mais profundo e essencial. Viviam em um país cuja língua não conheciam, com uma profissão fluida, que exerciam onde queriam, quando queriam, e que dependia em grande parte dos caprichos dos clientes, dos contatos das redes sociais. O ambiente ao seu redor, que tinham escolhido e criado, onde dormiam e trabalhavam, era a única manifestação tangível de tudo aquilo que eram. Aquela casa e aqueles objetos não se limitavam a corresponder à sua personalidade: davam-lhes um ponto de apoio, demonstrando aos seus próprios olhos a solidez de um estilo de vida, que, de uma perspectiva diferente (que teria sido a regra para a geração anterior), parecia frágil. O caos, por si só, podia resultar em algo alegre, criativo; mas naquele contexto lembrava um sintoma de impermanência.

Essa linha de raciocínio não se desenrolava por completo toda vez que arrumavam a casa, porém funcionava como melodia de fundo quando começavam o dia restaurando, com muito trabalho, o apartamento às configurações de fábrica. Enquanto esperavam o café ficar pronto, acendiam as luminárias nos cantos da sala, ajeitavam o sofá, dobravam a coberta de espinha de peixe, separavam as frutas podres que tinham ficado no fundo do grande bowl, lavavam as xícaras ou as escondiam na lava-louças. Quando se sentavam para tomar café da manhã, cada coisa já estava em seu lugar, e, por dez límpidos minutos, saboreavam o café deslizando o dedo pelas notícias nas redes sociais e nas homepages dos jornais, e se sentiam prontos para começar o dia.

Mas lá pela hora do almoço, aquele sistema iluminado já voltara a desmoronar sob os golpes de mil pequenas necessidades diárias (os correios, o resfriado, a ligação urgente), quase como se a realidade lutasse contra eles para restabelecer sua própria supremacia.

Duas ou três vezes ao ano, suas intervenções eram mais intensas. Naquelas ocasiões — quando voltavam a seu país para as festas de fim de ano ou para fugir do rigoroso inverno nórdico —, sublocavam o apartamento por um valor que, até mesmo para eles, parecia irracional. Normalmente, alugavam para turistas encantados pela experiência da cidade, quase sempre conterrâneos, que junto com as chaves recebiam listas de restaurantes e de feirinhas que emanavam cordialidade e savoir-vivre. Mas às vezes eram pessoas que estavam se mudando para lá e procuravam uma base temporária para, em um segundo momento, encontrar uma hospedagem de longo prazo. Essas ocasiões nunca deixavam de lhes lembrar que tinham tomado a decisão correta. Nesses casos, por e-mail, avisavam aos hóspedes que os preços tinham subido bastante. Para obter um aluguel permanente, era preciso contar com uma papelada complexa e um bom domínio do alemão. Punham-nos em contato com os grupos online de expatriados e os convidavam para beber algo, eventualmente, depois que encontravam outra acomodação. Às vezes, entravam no mesmo círculo de amizades, caso ficassem, caso sobrevivessem às sequelas das sublocações e ao primeiro inverno.

Qualquer que fosse a razão da estadia, era crucial que os hóspedes obtivessem aquilo pelo qual pagavam tão caro, pois a possibilidade de ganhos futuros dependia de sua satisfação. E assim, antes de deixar Berlim, dedicavam muitas horas domando a realidade até fazê-la coincidir com as fotos.

A maior parte dessas operações se dava à noite, porque os voos nos quais viajavam eram aqueles econômicos que saem bem cedo. Uma vez encerrada a jornada de trabalho e fechadas as malas, enfiavam qualquer vestígio de vida nas grandes caixas de policarbonato, que depois esconderiam no sótão. Itens avulsos: recibos e sapatos, produtos de beleza e pratos sem pares com os quais comiam normalmente, deixando aos hóspedes apenas aqueles esmaltados azul e branco. Empilhavam os copos nas prateleiras da cozinha, recolhiam e jogavam fora papéis de cima da mesa, deixando só o bowl de frutas e os castiçais simétricos, enfiavam as revistas lidas pela metade no revisteiro, escondiam a comida na despensa, colocavam de volta nas prateleiras os livros espalhados pela casa, empurravam para o fundo do armário as roupas usadas, mas não completamente sujas. Depois, imprimiam o cartão de boas-vindas com a senha do wi-fi e reabasteciam os suprimentos destinados aos hóspedes: limões sicilianos e gengibre na fruteira, café, Club Mate e Sekt visíveis no balcão da cozinha. Deixavam pronta a cafeteira para economizar tempo na manhã da viagem, dali a apenas quatro ou cinco horas.

Acordavam na escuridão, acendiam todas as luzes e depressa arrumavam a casa, escondiam os lençóis sujos e as toalhas úmidas no armário do banheiro, lavavam na pia as xícaras ainda quentes do café. Antes de fechar a porta — caixas já no sótão, malas no corredor —, davam uma última volta para verificar se tudo estava em ordem. Atravessavam os cômodos em silêncio, as superfícies livres, o espaço vazio, cada coisa finalmente em seu lugar sob a luz violeta do amanhecer. Por um maravilhoso segundo, viam seu apartamento como queriam que fosse, idêntico às fotos.

Depois saíam às pressas, com os olhos inchados, para não perder o ônibus até o aeroporto. As malas batendo no chão irregular das calçadas de Neukölln.

Anna e Tom eram criativos. Esse termo também lhes parecia vago e irritante. Seu título profissional variava sempre, mas também em seu país teria sido em inglês — web developer, graphic designer, online brand strategist. Aquilo que eles criavam eram diferenças.

Nunca escolheram explicitamente trabalhar com isso. Tinha se cristalizado a partir dos gostos de cada um, mais ou menos no mesmo período em que a internet passava de uma paixão de adolescência para se tornar uma indústria que engoliria todas as demais. Começaram a ouvir música quando a pirataria encorajava a difusão de protocolos peer-to-peer; nas tardes infinitas dos tempos do ensino médio, alternavam o estudo de história e matemática com o do Photoshop ou do Flash, ziguezagueando às cegas entre bugs para adornar sua página do GeoCities. Passavam horas criando sites pessoais e perfis que refletissem seus gostos e desejos, listas de tudo aquilo que os tornava especiais.

Não era um desejo induzido. Era como se tivesse aparecido sozinho a partir do contexto em que cresceram.

A rede era caótica e surpreendente, um lugar de lendária escassez. As redes sociais ainda não existiam, as ferramentas de busca contratavam pessoas para indexar manualmente os sites: uma página interessante, um arquivo com macetes, um arquivo de música pré-Napster eram descobertas preciosas, sinal de sofisticação e experiência. Com esses arquivos, preenchiam páginas inteiras, decorando-as com sprites e gifs, atualizavam constantemente os hiperlinks com as últimas novidades, inseriam os novos modelos de contador de visitas e animavam com Javascript a expansão do menu. Assim que um recurso gráfico os impressionava, baixavam o código e implantavam uma versão parecida em seu site.

A internet entrou na fase adulta no exato momento em que eles também entraram. E, assim como a adolescência, essa época da rede se concluiu sem uma ruptura nítida, mas com um enrijecimento gradual cuja inevitabilidade ficou clara apenas em retrospectiva. Deve ter tido um momento em que dominar o Dreamweaver parou de ser um mero passatempo e virou uma qualificação profissional, exatamente como deve ter tido uma primeira vez em que se registraram em um site com nome e sobrenome reais em vez de nicknames americanizados. Começaram a contribuir para a aposentadoria no mesmo ano em que — depois da demora desesperadora imposta aos europeus — criaram um perfil no Facebook.

Desde quando Anna e Tom tinham começado a usar o computador, alguém sempre pedia um favor — formatar um drive, fazer a homepage do jornal da escola, o site da joalheria de uma amiga dos pais, a web wiki do grupo de estudos. Pouco a pouco, os favores se transformaram em frilas — o e-commerce do tio, os cartões de visita, os cartazes, os banners e os cardápios; pouco a pouco, uma constelação de frilas compôs um trabalho.

Era um trabalho muito procurado. Anna e Tom tinham crescido em um horizonte de ideias no qual a individualidade se manifestava através de um esquema de diferenças visuais, imediatamente decodificáveis e em constante renovação. Estavam bem posicionados quando aquele desejo de exprimir o que nos torna *especiais* se estendeu dos perfis dos adolescentes às marcas, às empresas, às lojas e a profissionais do mundo inteiro. Todos queriam uma página, um logo, uma apresentação gráfica. Todos queriam um pouco de beleza, concebida como uma posição única em um sistema de diferenças. Anna e Tom compreendiam instintivamente essa necessidade.

De certa forma, foi por isso também que se mudaram para Berlim. Depois dos estudos e do início da carreira, a vida em uma cidade grande mas periférica do sul da Europa começava a parecer monótona, sem graça. Parecia seguir um caminho preestabelecido: os mesmos bairros, os mesmos destinos de férias, as mesmas amizades dos tempos da escola. A cena musical, a estética das casas noturnas e dos bares, mas até mesmo o gosto de seus clientes tinha algo de provinciano e antiquado. Os círculos próximos incitavam a fofoca; o conformismo criava um sistema de expectativas pelo qual se sentiam oprimidos. No meio dessas pessoas idênticas, todas contentes em seguir fazendo parte do mesmo grupo de amigos da escola, Anna e Tom sentiam falta da liberdade de ser quem eram, ou seja, de se reinventarem, ou seja, de serem diferentes de si mesmos.

Naturalmente, assim como as diferenciações gráficas que vendiam aos clientes eram as mesmas vendidas aos milhares de clientes dos milhares de criativos por todo o Ocidente, um desejo idêntico de uma vida diferente movia milhares de expoentes de certo segmento socioeconômico de sua geração. Mas de alguma forma essa percepção era turva em sua mente. Para quem fazia parte dessa tendência, ela adquiria as características antropomórficas de uma mitologia.

A decisão de se mudar tomada por impulso, durante uma conversa de bar, em um período no qual a carreira parecia estagnada e a conta-corrente estava gorda; o aeroporto ao amanhecer, com três malas enormes e jaquetas de esquiar para o inverno — tiraram uma foto de seu reflexo no vidro escuro do terminal de embarque, inchados pelas camadas de roupas, vestidas uma sobre a outra para não exceder o peso da bagagem.

O plano inicial previa quartos sublocados em Friedrichshain e quitinetes alugadas em Kreuzberg e sofás-camas em Neukölln. Apartamentos espaçosos e vazios, com tábuas largas cor de mel e costelas-de-adão tropicais idênticas, cujas folhas eram vastas como uma nuvem. As cervejas à tarde às margens empoeiradas do Landwehrkanal ou no ilógico parque sem árvores de Tempelhof. Os dias trabalhando das cafeterias enfileiradas na Rosenthalerstraße, iguais às contas de um rosário. O frio do primeiro inverno, um frio cortante e inimaginável que os fazia lacrimejar à espera do M29, e que depois de alguns minutos estourava as garrafas postas para gelar na neve da sacada. O contrato de aluguel do apartamento de três quartos em Reuterkiez, obtido com formulários fiscais falsificados que encontraram na internet. O alemão mal memorizado do Google Tradutor toda vez que seu trajeto cruzava a engrenagem da cidade: Kurzstrecke. Krankenkasse. Rohrreinigungsspirale. Vorderhaus. Steuernummer. Ich hätte gerne. Steuer-ID. Schlüsseldienst. An die Ecke. Schwangerschaftsverhütungsmittel. Vielleicht. Ebenso. As festas nos porões. As festas nos apartamentos Jugendstil em Prenzlauer Berg com as bay windows e os tetos de estuque. As festas no Berghain. As festas nas galerias de arte. As festas nos barcos no rio Spree. A volta para casa desfocada no metrô que circula a noite inteira. As festas no Weekender. As festas no Freischwimmer. As festas ilegais no Wedding, procuradas e nunca encontradas enquanto vagavam pelos galpões remotos, agarrados a um SMS com as instruções. As festas no Rodeo. As festas no Tresor. A luz vermelho-sangue dos crepúsculos do Norte. O amanhecer cor de pérola que de repente inflamava as paredes de vidro do Panoramabar, mas quem o via sabia que era uma ilusão, pois a noite ainda perdurava do outro lado do amanhecer.

A meticulosa composição daquela mitologia tinha deixado Anna e Tom ocupados durante todo o primeiro ano em Berlim, pelo menos durante o tempo em que não estavam organizando uma de suas mudanças. Não era uma mitologia pessoal; seu valor consistia precisamente em sua universalidade. Era compartilhada por todos os espanhóis e franceses e italianos e americanos que encontravam; estava registrada na infinidade de artigos sobre hábitos e costumes e em documentários, e reproduzida nas imagens que rolavam na timeline do Facebook e no feed do Instagram de uma geração inteira. Era o carimbo de ingresso em uma comunidade consolidada por uma realidade compartilhada, que é quase o mesmo que uma realidade.

Ao contrário de sua vida anterior, essa realidade se caracterizava pela abundância, em primeiro lugar, de tempo: tudo era tão barato que não precisavam trabalhar muito. Sobrava tempo para todo o resto. Levaram consigo alguns clientes para os quais diagramavam os relatórios e as publicações B2B, e que lhes garantiam uma base de entradas. Ampliavam sua carteira de clientes por meio do boca a boca ou das recomendações dos colegas cheios de trabalho. Ganhavam bem, em comparação aos colegas da faculdade que ficaram em seu país. Mal, comparados com quem fazia o mesmo trabalho para clientes alemães; mas eles não conheciam nenhum, e os clientes que encontravam em Berlim — as microcervejarias e as docerias veganas, as agências de viagem inteligente, os coworkings — pertenciam invariavelmente ao seu mesmo ambiente.

Diagramavam catálogos, desenhavam estruturas CSS para sites de e-commerce, personalizavam temas do WordPress. Seu estilo era minimalista e intimista. Remetia a uma estética que se difundia de modo homogêneo por toda parte, isto é, nas landing pages das start-ups de Estocolmo e nos cardápios dos restaurantes do Brooklyn e nas revistas de moda de Londres. Grids de texto com amplas margens assimétricas, verde-petróleo e rosa-pó, quadros levemente arredondados, fontes tipográficas suíças finas e kerning reduzido, microinterações. Eram ajustes banais, mas o conjunto tinha um equilíbrio visual que era sutilmente cool, além de ser algo inalcançável para os designers gráficos de seu país. Em Berlim, toda hamburgueria, todo cartaz exalava essa estética. Anna e Tom inspiravam-na a plenos pulmões, e se sentiam o duto que levava um sopro de mundo à camada antiquada que envolvia o sul da Europa. Também por isso fazia sentido estar ali.

Era um trabalho que exigia paciência e precisão, assim como um tipo de concentração que não era incompatível com a música ou o vaivém dos cafés. Era necessário criatividade, que se concretizava sobretudo na invenção de variações mínimas de um padrão já conhecido. Eles gostavam daquele trabalho? Sim, mas a resposta que davam a si mesmos era formulada em termos diferentes da pergunta. Faziam por dinheiro o que, tempos atrás, tinham feito por paixão. Isso era um dado objetivo. A partir dele, concluíam que tinham transformado sua paixão em trabalho. Isso era uma dedução.

De certo modo, a dedução se confirmava no fato de que, quando se concentravam em uma diagramação ou em um wireframe para um site, o tempo desaparecia. Escutavam LCD Soundsystem e Animal Collective em looping nos headphones almofadados, ajustavam um grid, verificavam os estilos dos parágrafos, aperfeiçoavam todas as variantes possíveis de um mesmo padrão de cores, e sem que percebessem havia passado uma manhã, uma semana, um inverno. Era o contrário do tédio, em que o tempo não passa nunca; o que, portanto, deveria significar diversão.

O tempo que não desaparecia era ocupado pela cidade. Berlim era efetivamente a atividade principal deles — observá-la, entendê-la, fazer parte dela. De certa forma, isso os definia muito mais do que sua profissão, da qual gostavam, mas não a ponto de dedicar mais energia do que o estritamente necessário. O trabalho era algo que tinha acontecido com eles. Berlim era uma *escolha*.

Saíam com frequência para caminhar nas tardes sem fim de verão ou nas manhãs gélidas em que a neve fresca refletia um sol cintilante. Encantavam-se ao observar o céu nórdico alto e mutável, tão diferente daquele sob o qual tinham crescido. Podiam passar horas explorando as vielas de paralelepípedos de Schillerkiez ou as praças arborizadas com tílias na parte nobre de Mitte. Ficavam maravilhados com cada pequeno detalhe, como as selvas de plantas tropicais atrás das grandes janelas ou a forma geométrica das pedras das calçadas. Deixavam-se fascinar pelo contraste entre os edifícios recém-reformados e aqueles que ainda mostravam o desleixo típico da cidade do leste — os baixos-relevos em ruínas ou cobertos por grafites, as luzes das janelas fechadas com OSB. Sentiam um pouco de inveja do período lendário dos anos 90, quando tudo estava para ser inventado e apartamentos imensos, de uma esquina inteira, podiam ser ocupados ou alugados por poucos trocados. Além de tempo, em Berlim havia abundância de espaço.

Claro, aquele espaço tinha sido esvaziado pela história. Anna e Tom sabiam disso, ou teriam sabido se tivessem se questionado, mas nunca se questionaram. Associavam, de maneira abstrata, alguns topônimos a eventos críticos do século passado, e obviamente sabiam do muro e da Noite dos Cristais, mas esse conhecimento nunca passava de um fato curioso e pitoresco, útil apenas para temperar sua experiência no lugar. A ideia de que a distinção onipresente nos anúncios imobiliários entre os edifícios Alt- e Neu- poderia ser resultado dos bombardeios dos aliados nunca sequer lhes passara pela cabeça. Quando um hóspede pedia uma visita guiada pela cidade, Anna e Tom recitavam, toda vez, os mesmos episódios — os shows de punk rock nos porões das igrejas, os fugitivos que pulavam o muro, o bombardeio de doces —, aperfeiçoados de tanto repeti-los até parecerem vagamente com uma de suas noites pela cidade.

Essa falta de consciência se refletia também na noção geográfica que tinham da cidade. Conheciam a localização das partes do muro que haviam sobrevivido como atração turística, mas nunca tinham se interrogado de verdade sobre seu traçado. Na cabeça deles, frequentavam sobretudo aquela que, um dia, tinha sido Berlim Leste, porque a associavam a prédios caindo aos pedaços e à sensação de abundância e liberdade. Mas sua ideia de leste compreendia também Kreuzberg e Neukölln, que eram Berlim Oeste, e não Pankow e Marzahn, em que leste significava apenas os blocos de apartamentos soviéticos aos quais não tinham motivo para ir. Wedding, tecnicamente leste, existia em seu mapa mental somente de forma vaga, embora a cada ano ganhasse mais consistência, como em um ajuste de foco. A Charlottenburg, só iam para comprar champagne para o réveillon.

Uma vez concluídas as revoltas coletivas do século XX, os rastros deixados por elas foram traduzidos em termos de iniciativa individual, isto é, de consumo. A liberdade tinha se transformado em abundância. Os lotes não edificados e as grandes casas populares desertas significavam residências enormes por preço baixo. Os estabelecimentos comerciais abandonados pareciam esperar por geladeiras e cabideiros que os transformariam em bares ou lojas pop-up. Um aeroporto inteiro tinha sido abandonado sem que ali se construísse ou plantasse nada, e o rebatizaram, em vez de parque, de "Freiheit", liberdade. Aos olhos de Anna e Tom, aquele espaço, mais do que a feia torre soviética ou o napoleônico Portão de Brandemburgo, simbolizava a essência profunda de Berlim, um vazio urbano tão vasto que, à noite, o perfil dos prédios do lado oposto parecia um horizonte costeiro visto do mar, cinco quilômetros quadrados de puro potencial. Cada vez que passavam por lá, Anna e Tom sentiam uma espécie de vertigem. Era a busca por aquela abundância que os tinha levado até ali.

Suas famílias não entendiam. Trabalhar como freelancer, e de casa, tinha algo de suspeito, era muito parecido com as tardes do ensino médio passadas jogando no computador. A mudança para outro país era francamente inexplicável. Teriam entendido se tivesse sido por causa de uma efetivação no trabalho, que era o motivo pelo qual as gerações passadas tinham aceitado o frio e a péssima comida da Alemanha Ocidental. Mas assim lhes parecia um capricho, um Erasmus fora de época. Supunham, com razão, que nos momentos de dificuldade recorreriam à pequena herança que segundo as intenções do avô de Anna serviria de entrada para um imóvel. Aquela era a idade para construir, e o que eles estavam fazendo? Desperdiçando.

Esse ceticismo se mostrava impenetrável a todas as argumentações que Anna e Tom eram capazes de oferecer, salvo aquela que trazia uma lista detalhada do faturamento dos dois. Os pais dele eram proprietários de uma grande loja de roupas, a mãe dela era contadora e o pai, advogado. O valor que Anna e Tom informavam aos pais parecia baixo; mas eles sabiam, pelos jornais e por seus estagiários, que para aquela desafortunada geração eram valores acima da média. Porém, se ganhavam aquele valor dos clientes no próprio país, não lhes convinha então ficar? Aquelas conversas eram sempre fonte de frustração para Anna e Tom, até porque, quando falavam de dinheiro, mencionavam sempre o valor bruto, sem especificá-lo de forma explícita, e, embora seus pais se tranquilizassem, a cada vez o embuste aumentava um pouco mais a angústia dos dois.

As famílias não entendiam, mas os velhos amigos, sim. Exprimiam-no através dos likes em todas as fotos do canal e do aeroporto abandonado, e dos apartamentos com pisos de tábuas largas cor de mel. Quando Anna e Tom voltavam para casa nas festas de fim de ano, encantavam seu grupo de amigos contando sobre as festas e os preços dos aluguéis. De repente notavam aspectos provincianos e limitações que antes pareciam fazer parte da ordem natural das coisas. Quanto mais tempo passavam na Alemanha, mais ficava claro o sentimento de desânimo diante da ineficiência da Europa Mediterrânea. Em Berlim não era assim, diziam aos amigos, sem esnobismo ou tom de superioridade, pelo contrário: encorajavam-nos a segui-los. Muitas vezes os amigos fantasiavam sobre ir visitá-los ou imitá-los. Também eles desejavam uma diversidade que não encontravam em sua cidade natal; também eles sentiam aquela necessidade de abundância.

Esses mesmos amigos faziam estágios não remunerados em grupos editoriais ou grandes estúdios de design gráfico ou agências de publicidade. Depois de um tempo, faziam programas de trainees, cobriam licenças-maternidade, eram efetivados. Alguns conseguiam um financiamento imobiliário. Moravam nos mesmos bairros onde tinham crescido, ou em outros menos caros nos subúrbios. Tudo isso parecia dar alguma validade aos argumentos dos pais, provocando uma insegurança latente que reacendia quando Anna e Tom procuravam quartos e sofás-camas para dormir quando voltavam para casa. Mas, pensando bem, aquela insegurança se dissipava como névoa no calor das fotos de sua vida em Berlim. A forma de vida adulta evocada por sua família e tão meticulosamente encenada por seus amigos era o roteiro de outra geração. Com seus contratos fixos, aqueles que tinham ficado ganhavam muito menos do que eles como freelancers, pelo menos nos meses bons. E ainda seguiam saindo com os mesmos amigos do ensino médio. Viviam na cidade natal. Falavam um inglês arranhado, quando tinham motivos para isso, ou seja, raramente. Uma reestruturação da empresa os deixaria na rua, enquanto Anna e Tom tinham uma rede de contatos internacionais. Os amigos não tinham culpa, claro; porém, uma vida tão restrita e rotineira, com o passar do tempo, os privara de iniciativa e de curiosidade.

Ao fim, Anna e Tom se convenciam de que os únicos que estavam construindo algo eram realmente eles, algo que por enquanto era hipotético e quase intangível, mas que mês a mês adquiria consistência. Depois de alguns dias em que comiam muito e trabalhavam pouco, se sentiam aliviados quando voltavam para Berlim. Amavam sua família e sentiam saudades das ruas em que tinham crescido, mas essa ternura era rapidamente dominada por uma sensação de estagnação e de estranheza. No terminal de embarque, os dois se olhavam no reflexo das portas de vidro e pensavam na fotografia que tinham tirado quando se mudaram. A comparação acabava sempre por comovê-los. Eles já estavam tão diferentes.

Seus amigos em Berlim eram franceses e poloneses e portugueses, às vezes israelenses ou belgas, no máximo estadunidenses, raramente alemães. Tinham quase a mesma idade, mais de vinte e três anos e menos de trinta. Tinham chegado à cidade sem um motivo consciente, e haviam se encontrado com a facilidade dos primeiros dias de escola. Tinham se conhecido nos grupos do Facebook para trocas de sofás velhos e dicas sobre burocracia, ou emprestando o carregador do notebook em um café, com as mesas de fórmica restauradas e figueiras-de-bengala exuberantes na vitrine, ou na fila do banheiro de alguma casa noturna, de onde as pessoas saíam em duplas ou trios com as pupilas dilatadas. Trabalhavam mais ou menos na mesma área. Eram designers gráficos e desenvolvedores de front-end, e, às vezes, artistas que, para se sustentar, trabalhavam para outras artistas ou improvisavam algo de desenho gráfico ou montavam drywalls para as feiras de arte. Eram videomakers ou chefes de cozinha ou assistentes de galeria ou jornalistas freelancers que aproveitavam o sacerdócio berlinense para vender um sopro de mundo para a própria pátria. Eram doutorandos em biologia molecular ou músicos ou copywriters ou ilustradoras que se uniam contra o inverno, formando uma rede informal, uma comunidade inventada. Mais do que um círculo de amigos, a forma dessa comunidade era a das redes, uma estrutura de relações em que cabiam a afinidade e a identificação, o afeto, a intimidade, a inveja, a similaridade, o apoio.

Tinham seus hábitos, suas referências em comum. Pediam latkes e Bloody Marys nas manhãs de sábado no Weinbergsweg. Frequentavam a hamburgueria debaixo do viaduto do metrô da Skalitzerstraße e aquela outra mais afastada, de americanos, onde serviam hambúrgueres tão colossais que, se você comesse tudo, saíam de graça. Cantavam ironicamente Oasis no karaokê ao pé do muro, assistiam ao pôr do sol das escadas da torre gótica do Victoriapark ou na Wasserturm. Liam matérias de cultura ou comportamento escritas com um estilo elegante e descolado típico do jornalismo anglófono, com o qual se identificavam, apesar de se lamentarem pela obsessão com o dinheiro, típica dos americanos. À noite, gravitavam em direção aos mesmos aglomerados de ruas — as pontes em Maybachufer, as passarelas cobertas de grama de Schillerkiez, os primeiros quarteirões da Weserstraße. Faziam as mesmas piadas sobre a Winterdepression e sobre o fato de não conhecerem o lado oeste da cidade, embora todos vivessem entre Rixdorf e Kreuzkölln. Perpetuavam, como um rito de iniciação, a piada segundo a qual os cisnes de Admiralbrücke seriam as almas de alunos espanhóis de intercâmbio que se afogaram no canal no primeiro inverno, enganados pela fina camada de gelo formada na superfície.

Juntos, passavam longos fins de semana, que começavam sábado de manhã e terminavam no dia seguinte à tarde. O grupo se dilatava e se contraía como algo que respira. Eram em poucos no fim da manhã, quando chegavam às mesas de pingue-pongue na Arkonaplatz ou no campo de bocha de Paul-Linke-Ufer. Jogavam distraídos — às vezes uma competição entre duplas, e com mais frequência todos juntos, orbitando as mesas e se revezando. Os perdedores vagavam pelas barracas da feirinha, que vendiam roupas de ginástica em acetato, potes de granola artesanal e pequenos cactos com deformidades interessantes. Quando o grupo tinha se consolidado, iam juntos comer ovo com salmão (ou aspargos, se fosse a época) em uma cafeteria, onde podiam passar poucos minutos ou várias horas folheando revistas que em parte já tinham lido online e comentando — com um sarcasmo mal dissimulado, com uma raiva impossível de conter, com nostalgia e desilusão — as últimas notícias da França, de Portugal. O fim da tarde era dedicado a esgotar todas as aberturas de exposições previstas para aquele dia. Eram todos assinantes da mesma newsletter, que elencava diariamente as aberturas dos museus e das galerias, com ícones na legenda que especificavam se havia bebidas alcoólicas e se o idioma principal era alemão ou inglês. Sempre havia aqueles que não iam, mas eles sabiam que encontrariam outras pessoas que tinham passado a manhã na feira turca ou almoçado nas barraquinhas tailandesas do Preußenpark.

As galerias eram reconhecidas de longe pelos grupos aglomerados na bolha de neon que emanava das vitrines e pelas garrafas vazias empilhadas em volta dos engradados de cerveja deixados na calçada. Ziguezagueavam por alguns minutos em frente às obras. Os comentários sussurrados em grego ou inglês diziam que eram interessantes ou derivativas. Planejavam a próxima parada, um art space independente em cima de um lava-jato em Friedrichshain ou uma antiga loja de móveis na Torstraße ou a galeria em um subsolo da Graefestraße, cujas festas de abertura eram tão repletas de recém-chegados que ganharam o apelido lendário de "embaixada italiana". Tramavam o caminho atravessando a cidade e saíam sem se preocupar com os retardatários, que, de qualquer forma, encontrariam lá ou na parada seguinte.

Alguns de seus amigos eram artistas, ou curadores. Para eles, aquelas ocasiões eram oportunidades profissionais, e passavam de um grupo a outro como vereadores, dispensando gestos carinhosos e distribuindo apertos de mão. Mas, para todos os outros, a arte contemporânea não era uma paixão propriamente dita. Ainda que, com o tempo, tivessem aprendido a comentá-la sem passar por ingênuos, Anna e Tom tinham consciência de "não entender". Não saberiam dizer como tinha entrado em sua vida. Antes de ir morar ali, nunca tinham demonstrado interesse, e suas incursões se limitavam a retrospectivas de Hundertwasser ou Man Ray. Mesmo em Berlim, nunca teriam visto todas aquelas exposições por conta própria — só o mínimo indispensável para se manter atualizados sobre a estética que seus clientes talvez escolhessem dali a alguns anos, quando o vaporwave começasse a se expandir pouco a pouco das galerias berlinenses para o sul. Mas isso não queria dizer que estivessem ali por conformismo, como quem era do meio: estavam ali porque a arte era o que impulsionava sua vida em Berlim. Transmitia o oxigênio, circulava as informações sobre as festas e os Kiez, recebia na rede os que tinham acabado de chegar de Lisboa ou de Palermo ou de Malmö. As galerias eram ao mesmo tempo um palco e um centro social, e os mais refinados diziam que eram um "salon". Mas, na verdade, eram principalmente saloons, os lugares dos filmes de faroeste em que os recém-chegados ganham dinheiro, passam vergonha, mostram do que são capazes.

Aquelas peregrinações podiam durar até tarde da noite, intercaladas por um sushi para viagem ou um falafel para enganar a fome. Entre uma parada e outra, o grupo que tinha crescido à tarde ia diminuindo, e se tornava mais aerodinâmico para a noite. Era raro que, nesse momento, houvesse alguém de desde cedo que continuasse com o grupo, mas, assim como na nau dos argonautas, algo do grupo original perdurava, o mesmo gosto de se vestir ou uma piada interna repetida até virar um tipo de cumprimento secreto. Os sobreviventes contavam o dinheiro e as energias, sondavam via SMS a rede de contatos e decidiam se deviam se refugiar na casa de alguém para jogar Carcassonne ou se aventurar até o Renate, o Homopathik, o Sisyphos. Dispersavam-se para enfrentar o processo de seleção na porta, e se reencontravam perto do caixa ou na fila do banheiro. Desengrenavam-se e buscavam uns aos outros a noite inteira, e de alguma forma conseguiam sempre se reencontrar pela manhã, salvo aqueles que tinham voltado para casa ou desaparecido com alguém que haviam acabado de conhecer.

Enquanto sofriam com a claridade que atingia os olhos como uma chuva de alfinetes, encaminhavam-se a algum lugar para limpar as energias com doçura. Trocavam piadas aos sussurros no metrô. Às vezes, se arrastavam até o Mauerpark para retomar os eixos com um café da manhã nas barraquinhas de fritura; e se o clima permitisse, tiravam uma soneca e bebiam mate gelado na esplanada de grama de Tempelhof. Ainda estavam bêbados e chapados, vibrantes, o baixo continuava a tremer nos tímpanos. Imaginavam-se como deviam parecer vistos de fora, as bochechas doloridas de tanto sorrir, as roupas salpicadas de cinzas de cigarro e suor; vestiam ainda os rastros de aventuras que já tinham esmaecido na memória: um desenho de canetinha no rosto, um colar havaiano no bolso, algumas bexigas de hélio já meio murchas, amarradas e arrastadas pela rua, como a cauda de um cometa. Sentiam-se decadentes e invejáveis, vivos.

Algumas horas depois do meio-dia, apareciam as primeiras rajadas de angústia destinadas a se transformar em uma tempestade. Lembravam-se dos supermercados fechados aos domingos, das calls com os clientes na segunda-feira, dos deadlines da semana. Despediam-se sem programar explicitamente um novo encontro. Pegavam o metrô em direção aos apartamentos com plantas e tacos de madeira, prevendo a queda de serotonina e antecipando o prazer de um banho quente. Enviavam mensagens para aplacar a sensação de culpa que surgia ao relembrar de uma frase fora de lugar, de uma cena constrangedora. Na maior parte das vezes, ninguém respondia. Tomavam duas aspirinas antes de ir dormir e segunda-feira de manhã já tinha passado tudo, ou quase tudo, ou quase.

Faziam amigos com uma facilidade surpreendente, mas também havia nessas amizades um quê de aleatório e frágil. Anna e Tom tinham sido acolhidos com uma curiosidade e uma abertura que às vezes pareciam suspeitas, indicativas de uma solidão que todos se esforçavam para exorcizar. Não conseguiam imaginar como pedir ajuda àqueles amigos em caso de dificuldade. Havia coisas sobre as quais não falavam nunca, como por exemplo, dinheiro. Havia deserções inesperadas e sem motivo. Não eram verdadeiras fraturas — não compartilhavam nada de muito substancioso para considerá-las uma ofensa —, tratava-se de novos alinhamentos internos, novos cálculos de oportunidades. Continuavam a se esbarrar nas filas das aberturas, mas se cumprimentavam rapidamente, e era óbvio que dividiriam com outra pessoa o táxi para o Bar Drei.

De vez em quando alguém desaparecia. Acontecia sobretudo no inverno. Podia ser por causa de um aluguel não renovado ou de uma oferta de trabalho no país natal, mas nem sempre havia um motivo explícito. As pessoas paravam de aparecer nas aberturas, não respondiam mais às mensagens. O número alemão ficava indisponível. Depois de alguma atualização no Facebook ou pelo boca a boca, descobria-se que tinham voltado a Marselha, Atenas, Copenhague. Algumas vezes organizavam verdadeiras festas de despedida, com caixas de som alugadas e leilão de plantas. Porém, com mais frequência, o que era para ser um breve período no país de origem acabava se prolongando por meses, até que os amigos que tinham aceitado guardar as bicicletas na garagem recebiam por e-mail o contato de alguém que faria a viagem de furgão saindo de

Berlim. Vamos voltar, hein, diziam esses e-mails, assim que encontrarmos um apartamento ou um emprego, assim que acabar o doutorado ou o inverno, assim que o bebê tiver desmamado. Quem ficava respondia até breve, não vemos a hora, que inveja que aí está calor, mas lá no fundo sabiam que nunca mais voltariam.

Essa sensação de precariedade se manifestava em um constante entusiasmo nervoso. Todo fim de semana, todo inverno corria o risco de ser o último para uns e era o primeiro para outros. Era uma sensação vitalizante, que estimulava a curiosidade e a aventura, e que se adequava à percepção de uma cidade que não se esgotava nunca. E mesmo assim, seu mundo era menos vasto do que quando eram estudantes. Em determinado momento, as pessoas com quem saíam mais assiduamente eram, quando muito, uma dezena, e o grupo inicial de rostos familiares e meio conhecidos era mais solto e indefinido que o de seus colegas de faculdade anos antes. Mas eles não tinham meios de perceber tudo isso, porque aquele mundo limitado se renovava em um ritmo tão rápido que era capaz de criar a ilusão de infinitude.

Por vezes, decidiam passar um fim de semana sozinhos. Queriam se recuperar de uma sequência de noitadas, ou apreciar a companhia mútua. Passavam a manhã inteira na cama, folheando revistas e espiando as redes sociais. Desciam para comprar bagels praticamente de pijama. À tarde, podiam passear, mas normalmente preferiam não sair e tirar uma soneca, ouvir música, transar. Quando caía a noite, percebiam que tinham ficado mais de vinte e quatro horas juntos, só os dois. Era bom.

A casa estava limpa e em ordem. Os deadlines, sob controle. A geladeira, cheia, mas ainda assim decidiam pedir comida vietnamita. Acendiam as velas, transferiam o macarrão de arroz das bandejas de alumínio para as louças esmaltadas.

Algumas vezes, a tela do celular se iluminava com um convite ou uma proposta, e respondiam que queriam ficar sozinhos, ou não respondiam. Da rua escura, chegavam risadas em turco ou em alemão, que iam sendo abafadas pelo pós-rock instrumental do toca-discos; os turistas paravam para vasculhar os bolsos sob as bolhas amarelas da luz dos postes.

Nesses momentos, qualquer coisa parecia possível. Olhando para trás, tinham conseguido obter tudo aquilo que haviam desejado. Fora fácil, mas também difícil. Sabiam que tinham tido sorte em terem se conhecido tão jovens, mas também haviam tido determinação e paciência. Não parecia que tinham renunciado a muita coisa. Estavam apaixonados.

O resultado desse amor era tudo o que os rodeava. Comida quente e saborosa, contas em dia, a casa e o emprego que desejavam — todos esses detalhes compunham sua vida. Eles a tinham inventado, de certa forma, construindo-a a partir das diferenças até que ela refletisse quem realmente eram, com uma liberdade que, se tivessem ficado em seu país, nunca teriam tido. Eles se orgulhavam disso. Do outro lado da janela, a cidade pulsava, chamando-os com uma promessa que não tinham pressa em conferir.

Mais tarde, pegavam no sono inspirando profundamente o perfume um do outro. Sussurravam piadas ou miudezas ou lembretes para o dia seguinte, mas o conteúdo real daquilo que diziam era uma prece, uma prece silenciosa e estranhamente amarga para que cada coisa permanecesse exatamente da mesma forma. Era sempre atendida.

Seu amor aumentava dia após dia. Eram amantes, companheiros, melhores amigos. As afinidades que tinham descoberto durante os anos de faculdade haviam se fortalecido com a aventura da mudança. As pequenas traições tinham sido perdoadas ou abafadas. Por meio das dificuldades cotidianas, aprenderam a contar um com o outro. Toda semana, Tom ligava para os pais dela; Anna redigia os e-mails em alemão por ele. Tinham uma conta conjunta no Volksbank mas perfis separados na Netflix, onde o algoritmo, de qualquer modo, lhes sugeria as mesmas coisas. Sem hesitar, podiam escolher sozinhos uma refeição ou um apartamento sabendo que ambos iriam gostar. Brigavam por besteiras, uma polêmica nas redes sociais, um prazo burocrático vencido. Limpavam a casa no domingo, ouvindo músicas antigas do Eurovision. Não tinham dúvidas de que envelheceriam juntos. Transavam mal e com pouca frequência.

Ou pelo menos isso era o que temiam. Era sexta-feira à noite e voltavam para casa congelados e um pouco bêbados da festa de inauguração de um apartamento em Wedding. Era domingo de manhã, cedo demais para acordar de verdade, e o sol de verão já alto projetava um halo de calor na cortina blackout. A possibilidade permanecia latente no ar — pelo prazo da semana, pela consciência tácita das oportunidades — e o gesto de um despertava essa sensação no outro. Sem se despir,

Anna pressionava seu monte de Vênus contra a pelve de Tom, apertando seus pulsos no colchão para evitar que a tocasse com as mãos geladas. Ou ele conferia se ela estava acordada acariciando suas costas com um toque impalpável que terminava esticando o elástico da calcinha dela contra o quadril. A espinha dorsal se arqueava, o pescoço se inclinava de lado.

Tom a tocava, depois a chupava até fazê-la gozar, coisa que acontecia com frequência o suficiente para ser considerado frequente. Às vezes, a acariciava com um toque tão leve que era quase imperceptível, desacelerando deliberadamente quando via suas bochechas corarem. Às vezes, massageava com a ponta da língua o clitóris, esperava para enfiar um dedo, depois dois. Outras vezes, ela lhe pedia para que fosse penetrada de costas, ficando imóvel; ele mordia o pescoço dela enquanto ela movia a pelve e se tocava pela frente, de olhos fechados. Transavam no tapete de ioga, transavam na ducha. Anna gozava primeiro, ou muito raramente renunciava, e então ele se sentia autorizado a deixar-se levar e gozava em questão de segundos, no preservativo ou no lençol ou na pequena poça d'água que se criava no ralo da banheira.

Essa rotina se aperfeiçoara cedo dentro da relação, e sempre satisfizera a ambos. Acontecia de um dos dois não ter vontade, e o outro entendia sem se ofender ou se sentir rejeitado; ou vice-versa, um se sentia dominado por uma excitação repentina durante o trabalho, e o outro entrava no jogo, se deixava levar até o sofá, ou se fingia concentradíssimo, ameaçando o outro a voltar à horny jail. Tudo podia durar cinco minutos, ou, em poucas ocasiões, meia hora. Depois, sentavam-se, um no colo do outro com os poros dilatados, ou se levantavam para preparar, pelados, o café da manhã, com o cheiro de sexo impregnado no corpo, ou se abraçavam no escuro, sentindo o sono chegar, e por um instante escutavam em silêncio a respiração do outro, eram felizes, próximos.

Esse instante passava. Quando relaxavam, um pensamento se insinuava. A trepada havia sido igual à da semana passada, de dois meses atrás, de três anos atrás. Provavelmente tinha sido, em termos objetivos, rápida. Não era banal demais? O sexo anal não os entusiasmava. Anna queria experimentar beijo grego, mas Tom tinha um pouco de vergonha. Os boquetes não o entusiasmavam muito, mas ele amava ser enforcado antes do orgasmo, o que impressionava Anna. Gozavam apenas uma vez e paravam por aí, e permaneciam abraçados, interrogando-se em silêncio. Não poderiam transar mais, gozar melhor? Do que se privavam ao ignorar os brinquedos eróticos, o BDSM, as festas fetichistas alemãs? Se deixavam de cogitar a não monogamia, era porque não era para eles, ou por terem uma mente fechada e medo?

O mundo ao seu redor oferecia uma imagem muito empolgante do que sua vida sexual poderia ter sido. Nas redes sociais, perfis dedicados à positividade sexual exibiam bullets e vibradores e anéis e plugues anais e strap-ons com formas abstratas e divertidas, em efeito cromado cintilante ou silicone cirúrgico em cores pastéis. Os amigos conversavam sobre os acordos emocionais exigidos nas relações não mono, ou navegavam com o perfil de casal no Tinder, avaliando os candidatos para sexo a três no fim de semana. Em meio aos parágrafos das matérias de comportamento, apareciam publicidades de dildos marmorizados, com o formato de um tigre ou dragão. Nas baladas, mulheres com cabelos coloridos vestiam minúsculas peças teladas e ofereciam suas botas em adoração a desconhecidos envoltos em látex e couro brilhante; casais e trios se entrelaçavam nos pequenos sofás, trocando convites e saquinhos transparentes, para depois se afastarem nos darkrooms e nos reservados. A atmosfera era jocosa, eufórica, intrigante; todos desinibidos e esplêndidos, ou assim parecia. Parecia também que se divertiam muito mais do que Anna e Tom.

Passado aquele instante, era esse tipo de diversão que acabava atraindo seus pensamentos, afundados no perfume um do outro, envoltos na calidez dos roupões ou aninhados debaixo da coberta de espinha de peixe. Não sabiam bem com o que fantasiavam, mas sabiam que era algo muito diferente do que tinham. Ali, bem perto deles, havia um mundo erótico mais vasto que lhes era inacessível — tão inacessível que nem sequer eram capazes de definir do que é que sentiam falta. Estavam contentes com sua vida sexual, e quando conversavam sobre o assunto, reafirmavam seu contentamento, e acreditavam nisso. De certa forma, era isso o que os deixava desconfiados. Temiam estar contentes por terem se contentado.

Sabiam que aquela insatisfação não tinha a ver com o tempo que estavam juntos, ou com a relativa escassez de experiências sexuais que tiveram antes de se conhecer. A não monogamia não era para eles — não só porque, pelas histórias dos amigos, parecia uma geometria burocrática e degradante, mas também porque estavam muito bem juntos. Conheciam-se, gostavam-se, as poucas desilusões eram as já previstas. Achavam-se um pouco patéticos vivendo tão confortáveis em uma monogamia de longa duração; mas a verdade é que se sentiam atraídos por outras pessoas somente de forma esporádica e passageira. Mostravam um ao outro por quem se sentiam atraídos nos bares ou nas festas, e no máximo usavam as fantasias que surgiam dali na próxima vez que transavam. Não gostariam de experimentar com mais ninguém: não teriam tanta confiança e não conseguiriam se divertir. Essa consciência era reconfortante e, ao mesmo tempo, os desmoralizava.

De tempos em tempos, compravam um sex toy. Liam uma jornalista de Nova York contar sobre como tinha ensinado o namorado a usar um duplo strap-on e se enviavam no Slack o link do produto. Ou então se deixavam seduzir por um vídeo de qualidade profissional em que uma entusiasta ilustrava, com uma laranja, a ação de um estimulador clitoriano. Quando passeavam, lhes chamava a atenção o minimalismo refinado dos novos sex shops, tão longe da pátina imunda e berrante daqueles de sua cidade natal. Obviamente entravam, como mariposas atraídas pelo brilho das lâmpadas embutidas no gesso branco. Vagavam pelas vitrines, conscientes da presença dos vendedores e fingindo ser o tipo de casal que analisa com destreza um vibrador. Ficavam na loja por alguns minutos, saboreando aquela imagem de si mesmos sabendo que não se encaixava com eles e, para pôr fim à sensação de impostura, acabavam comprando um vibrador rabbit portátil ou um anel peniano ajustável ou um lubrificante sustentável à base de óleo de CBD.

Raramente usavam as suas aquisições, e nunca tempo suficiente para que o constrangimento pudesse se transformar em espontaneidade. Depois de abrir a embalagem, carregar e lavar os sex toys, colocavam-nos à vista na mesa de cabeceira, e por alguns dias os espiavam com temor até que um dos dois estendia o braço no momento de pegar as camisinhas e pensava por que não. Não sentiam vergonha — riam juntos de sua inexperiência, se guiavam —, mas os manipulavam com um constrangimento que lhes impedia de apreciá-los por completo. O harness era frouxo ou tão apertado que chegava a causar formigamento; o bullet estava preso ao silicone e, para ligá-lo, era preciso insistir muito até espremê-lo para fora. O barulho os distraía. Ficavam se perguntando se era o jeito certo, se tudo estava indo bem, e isso freava o prazer, em vez de lhes abrir novos caminhos. Com a estimulação, Anna gozava rápido, mas na verdade preferia ser chupada, porque achava que ele preferia chupá-la; em tese, Tom tinha interesse em experimentar o plugue anal, mas quando tentava, o acessório o machucava. Depois do banho, lavavam as novas aquisições com um desinfetante adequado, usavam-nos mais um par de vezes em intervalos cada vez mais raros e, por fim, os colocavam na caixa de alumínio ao lado do travesseiro de Anna, de onde irradiavam ondas invisíveis de insatisfação junto com todos os demais.

Acontecia de essas ondas os levarem em direção a um sex club. Não era nada programado. Estavam no táxi, voltando de uma festa que tinha durado pouco, parados no semáforo na Heinrich-Heine-Straße, e, com o canto do olho, notavam uma fila que começava em frente a um portão e dava a volta no quarteirão. Ou, então, tinham jantado em casa e estavam meio bêbados e um pouco excitados pela cena de um filme ou por uma conversa ou porque sim, e era sexta-feira ou sábado e diziam por que não. Não acontecia com frequência.

E assim acabavam na fila, circundados de corpos tatuados ou seminus no frio, de vestidos de látex curtos, tops transparentes, dilatadores, rebites, coleiras de couro, perucas fluorescentes, espartilhos, tacos, ligas de perna. A comparação fazia com que se sentissem banais, mas também excitados. Voltavam a dizer, pela enésima vez, que tinham de comprar algo adequado ao dress code. Porém, nunca tinham dificuldade em passar na seleção na porta, porque eram um casal e relativamente cool e não muito drogados e conseguiam murmurar alguma coisa em um alemão aceitável. Na semiescuridão e no tumulto pulsante, logo se dirigiam ao bar, e dançavam juntos dando passos rápidos e desajeitados, até terem bebido o suficiente para tomar coragem. Aventuravam-se em direção aos sofás à beira da piscina, ou aos mezaninos onde as pessoas estavam sentadas, fumando. Olhavam ao redor.

Às vezes, um casal ou um solteiro se aproximava, ou uma mulher dirigia a Anna um olhar de reconhecimento. Eram mulheres com pupilas dilatadas e homens com cabelo lambuzado de cera e suor. Conversavam em inglês, trocavam informações, quanto tempo em Berlim, eram um casal, relacionamento aberto ou fechado, hétero ou bi. Anna e Tom diziam ser bi, ainda que ele nunca tivesse transado com homens, e ela com mulher uma só vez, na presença de Tom: mandaram a garota embora se desculpando pouco depois, e Anna nunca ligou de volta para o número que, de alguma forma, apareceu em seu bolso pela manhã. Em certo momento, começavam os convites. Um sussurro ao ouvido se transformava em um chupão nos lábios, ou uma mão amigável descia acariciando as costas. As canelas se roçavam, as mãos se entrelaçavam, os joelhos de quem estava sentado se abriam imperceptivelmente. A música pulsava nos ouvidos, e na fumaça e na luz estroboscópica, todos eram interessantes e obscuros. Anna e Tom se interrogavam com um olhar. O ar cheirava a suor e tabaco, a açúcar, a desinfetante. O coração batia mais rápido e mais lento ao mesmo tempo.

Não saberiam dizer por que, no fim das contas, não faziam nada. O impulso que sentiam nesses momentos era fortíssimo, ofuscante — poderia ser desejo ou desejo do desejo —, mas toda vez algo os impedia. Podia ser o homem de meia-idade que os seguia para observá-los, ou os gemidos entrecortados de uma mulher à beira de um pico de cetamina; às vezes, Tom se irritava com um pinto meia-bomba que desabrochava de um anel peniano; ou alguém tentava beijar a clavícula de Anna de forma muito brusca, e ela, contraindo-se, percebia um perfume de almíscar e o toque áspero da barba e se sentia deslocada. As reticências que manifestavam nos reservados e nos darkrooms eram legítimas, consideradas individualmente, mas no geral era um pretexto ao qual de vez em quando se aferrava um constrangimento vago que aguardava apenas a ocasião adequada para se concretizar. Voltavam à pista com a desculpa de pegar uma bebida, ou sem desculpa.

Chegavam perto do limite sem nunca passar dele por duas vezes, três; depois, viam-se na fila da chapelaria pegando os casacos. Estavam cansados e cheiravam mal, mas a sensação de incômodo se dissipava assim que punham os pés no ar fresco da rua. Voltavam para casa de táxi ou a pé, sob a luz cinzenta do amanhecer, de mãos dadas, exaltados, unidos. Na verdade, sentiam-se aliviados por não terem feito nada que os obrigasse a realizar um teste de DSTs, por não terem aceitado as garrafinhas de água e os sachês e as ampolas. Uma vez na cama, a excitação dava lugar a uma brandura delicada. Deitavam-se de conchinha debaixo das cobertas, sincronizando a respiração de um com as pulsações do outro, e sentiam que aquela proximidade era mais íntima e satisfatória do que qualquer sex party.

De manhã, esse pensamento lhes parecia patético.

Levavam duas vidas. Havia a realidade tangível, que os cercava; havia as imagens. E estas também os cercavam.

Estavam na tela do smartphone, que os acordava. Um astronauta que canta no espaço. Uma garota montada em uma bola de demolição. Iluminavam seu travesseiro ultrapassando a cortina do sono, acompanhavam-nos ao banheiro, desfilando sob a ponta dos dedos. Continuavam no tablet, na cozinha, enquanto esperavam o café ficar pronto e, sem conseguirem pôr um fim nisso, os seguiam no monitor do estúdio. As ameaças de um marido ciumento pichadas no muro de uma casa. Cabras em um equilíbrio impossível sobre uma falésia ou sobre o parapeito de uma rodovia. Se decidissem sair para almoçar, as imagens se restringiam ao retângulo do telefone e levitavam no ar a um palmo do prato. Um tornado de tubarões no céu. Enquanto esperavam o U8 ou o M29, enquanto faziam xixi. Uma mulher famosa que lança um jorro de champagne para trás, em direção a uma taça apoiada no bumbum. Clareavam seu rosto no quarto escuro ao ajustar o despertador para o dia seguinte. Rostos de desconhecidos. Rostos de criminosos charmosos. Fatias de avocado.

Enquanto trabalhavam, as imagens entravam como uma tempestade pelas janelas abertas em segundo plano. Mandavam um orçamento e conferiam o feed do Instagram. Os prognósticos para as eleições em seu país chamavam a atenção com uma notificação na aba do navegador. A combinação de teclas para pular de uma aba para outra estava impressa em sua memória muscular como command-c command-v. Procuravam no Stack Exchange os parâmetros de uma classe CSS particularmente chata e aproveitavam a ocasião para dar uma olhadinha em uma discussão iniciada instantes antes no Facebook. Logo abaixo, interceptavam um anúncio de um Steuerberater que falava inglês e espanhol. Nos comentários, uma conhecida dizia se tratar de um golpe. Interessados em seu perfil adicionavam-na aos amigos e descobriam que ela talvez fosse a uma festa no Kit-Kat na semana seguinte. Deslizando pela lista dos confirmados, encontravam um velho amigo de Neukölln. Mas não tinha voltado para Madri? Verificavam no LinkedIn, parecia que sim. Um gatinho encharcado. Um ensaio de imagens sobre a sprezzatura do presidente dos Estados Unidos. Uma selfie.

As interrupções podiam durar poucos segundos ou alguns minutos. Às vezes, absorviam lapsos completos de meia hora, quando o trabalho era particularmente repetitivo ou se uma discussão os atingisse de maneira pessoal. No todo, não saberiam quantificar o tempo que passavam se distraindo. Suspeitavam que fosse muito.

Não tinha sido sempre assim. Algo devia ter mudado em algum momento. Não saberiam dizer ao certo o quê.

Lembravam-se do tempo em que usavam o Facebook só para descobrir que fim levaram os crushes do ensino médio, e o Instagram era um acervo de fotos das férias. Desde então, tinham acompanhado cada evolução, com o olhar duplo de usuário e designer de interface. Podiam identificar, uma por uma, a sequência de atualizações — a introdução dos likes e das notificações, a possibilidade de compartilhar vídeos, de responder com imagens, de taggear. Mas toda e qualquer tentativa de traçar uma correlação entre essas minúcias e o modo com que as redes sociais tinham invadido seu dia a dia era tão reducionista que se revelava enganosa, um pouco como se perguntar se é no primeiro ramo ou na terceira árvore que uma floresta pode ser considerada em chamas.

Queriam fazer algo para diminuir esse problema, mas sair das redes sociais, mesmo só de uma, não parecia possível. Renunciar ao Facebook implicaria uma perda significativa de socialização. Ele tinha sido indispensável para descobrir e consolidar sua rede berlinense, e era a fonte principal de informações práticas das quais poderiam precisar. Era também o único canal ainda aberto com sua vida de antes. Não costumavam falar com os velhos amigos — talvez a constante presença fantasmática daquele fluxo de imagens fizesse disso algo redundante? —, mas, ao ler sobre os novos trabalhos e rolar pelas fotos dos jantares da turma da escola, tinham a sensação de seguir fazendo parte da vida deles.

Também não gostavam muito do Twitter — ainda que os fizesse rir às vezes —, mas era a principal fonte de notícias sobre seu país. Aquele interesse tinha sobrevivido à mudança para Berlim, e não passou a ser acompanhado por uma curiosidade pelos jornais locais, escritos em alemão. Se tivessem parado de usá-lo, teriam voltado a recarregar, de hora em hora, as homepages dos jornais e revistas, obtendo informações menos relevantes em relação a seus interesses, perdendo ainda mais tempo. O Instagram era, para todos os efeitos, a vitrine de seu trabalho e uma fonte constante de inspiração e novas ideias. Sair estava fora de cogitação.

As tentativas de delimitar o uso a momentos específicos, ou de diminuir o tempo diário, não davam em nada. E não tinha a ver com tédio ou incapacidade de concentração. Ao contrário, muitas vezes era durante as partes mais criativas de seu trabalho — um brainstorming para um pitch ou a invenção de um novo grid — que se lançavam com alegria no fluxo de imagens por alguns instantes. Saíam dele recarregados, com foco.

Mesmo assim, tinham vergonha de passar muito tempo no Instagram. Tom tinha virado a tela obliquamente para evitar que se refletisse nas janelas do estúdio que compartilhavam. Quando ele se levantava para ir ao banheiro ou até a cozinha, Anna mudava para a área de trabalho antes que ele passasse por trás dela. Encantavam-se com o apartamento, a salada de kale ou o gatinho de uma pessoa que poderia viver a duas quadras ou a um continente de distância. Apaixonavam-se por arranca-rabos irracionais entre desconhecidos. Iluminavam-se com o interesse por assuntos sobre pessoas que jamais conheceriam.

Era como atravessar a feira de rua mais caótica do mundo sob efeito de cocaína. Era como zapear por uma parede inteira de televisores sintonizados em canais diferentes. Era como entrar em comunhão telepática com os pensamentos de um estádio repleto de gente. Não era como nada, na verdade, porque era algo novo.

Mesmo os estados de espírito por que passavam eram novos, e exatamente por isso careciam de um nome consagrado. Para defini-los, pegavam emprestado termos que se referiam a outros tipos de experiência, os quais de certa forma pareciam associáveis entre si mas que não se encaixavam perfeitamente a uma paisagem interior desordenada depois de vinte anos de internet.

A vergonha pelo uso excessivo estava, na verdade, ligada à incapacidade de adaptar os próprios hábitos de pensamento às mudanças das circunstâncias. Pensavam ainda em termos de uma atividade principal (trabalho) e uma constelação de distrações, mas observando bem sua jornada, saltando de tela em tela e de janela em janela, ela aparecia como um fluxo indistinto. A ideia de distração pressupunha uma barreira nítida entre o íntimo e o profissional, entre notícias de política e festas dos amigos e fenômenos da cultura popular, que, em sua cotidianidade, eram completamente dissolvidos. Passavam de uma coisa a outra porque uma *era* a outra. Nas redes sociais, assim como no InDesign, o tempo também sumia.

Não eram só emoções negativas. O que era aquele arrepio que sentiam depois de um post que dava certo? E aquele entusiasmo impaciente que os levava a interromper o trabalho a cada vinte segundos, a cada minuto, para recarregar a página e acompanhar os likes, como um índice na bolsa ou um placar que vai aumentando? Sentiam isso todos os dias, porém não tinha um nome. Não era uma pontuação, não ganhavam nada. Só havia consequências econômicas muito indiretas. Os sociólogos de cinquenta anos falavam em narcisismo, mas falavam por si mesmos. Os divulgadores de neurociências usavam o léxico da dependência de drogas e de açúcar, da depressão. Anna e Tom achavam que eram simplificações de tecnófobos. Sentiam que não era assim. Mas também não era *não* assim.

Quando aquela mulher fez um comentário racista sobre a aids, Anna e Tom passaram o dia todo acompanhando as repercussões, esquecendo-se do trabalho, exatamente como um motorista esquece do itinerário enquanto desacelera para observar um acidente. As imagens. Os artigos de opinião. Os comentários sobre os artigos de opinião. Os prints dos comentários apagados por superficialidade ou vergonha. Os prints dos títulos dos artigos mesquinhos demais para merecerem ser linkados. Todos os googlavam e liam do mesmo jeito. Mas por quê?

Desvendar a selva moral era tão apaixonante quanto um enigma impossível de resolver. O comentário racista era atroz. Perder o trabalho e a reputação diante de milhões de desconhecidos era injusto. Era preciso pagar pelas consequências dos próprios preconceitos. Era preciso evitar fazer parte da multidão enfurecida. No futuro, as pessoas seriam canceladas por cada falha. No futuro, o cancelamento seria tão comum que perderia todo e qualquer efeito dissuasivo. Todos os pontos de vista tinham fundamento, e todos encontravam alguém que os sustentasse. Por que a história daquela mulher lhes interessava? Interessava como uma notícia ou como um romance? Interessava porque se identificavam com a mulher? Interessava porque se identificavam com aqueles que a acusavam?

As conversas passavam do teclado ao mundo concreto sem uma transição clara. Postavam na timeline um do outro e comentavam em voz alta enquanto trabalhavam, por cima dos monitores. Às vezes, riam ao mesmo tempo, porque tinha aparecido o mesmo meme no feed dos dois. Seus comentários sobre as questões do dia eram comentados por amigos, aos quais mandavam links de artigos que argumentavam contrariamente. Cinco minutos depois, replicavam com uma thread. Seus amigos também trabalhavam com as janelas abertas. A tempestade entrava também ali.

À noite, no Biergarten em Paul-Linke-Ufer ou no bistrô russo, na sombra da Wasserturm, às vezes se encontravam pessoalmente e discutiam sobre coisas que tinham acontecido online, ou seja, no mundo, ou seja, na Califórnia ou em Nova York. As posições eram as mesmas, mas algo na forma de interagir mudava. As divergências de opiniões, manifestadas em rede com réplicas sarcásticas e subtuítes, eram menos drásticas. De alguma forma, sistemas de valores, que nas threads de comentários pareciam incompatíveis, encontravam uma composição imediata na mesa do bar. Não pareciam mais carregados de machismo tóxico, de eurocentrismo, de privilégio. A discussão se esfriava em uma piada, com uma rodada de drinques para todos. Um ou dois dias depois, já tinham esquecido tudo.

Mas as polêmicas e os acontecimentos recentes eram apenas trovões e relâmpagos em um dilúvio de beleza. Em sua tela — em qualquer lugar, a qualquer hora —, conhecidos e velhos amigos da escola e desconhecidos do mundo inteiro mostravam toda a beleza que havia em sua vida. As imagens fluíam sem um encadeamento lógico que não fosse o esplendor, roupas vintage e selfies com filtros, bosques nevados, praias cristalinas, apartamentos espaçosos e acolhedores, capas de livros, docinhos, flores, animais selvagens, galáxias, mostras de arte contemporânea, pés. Anna e Tom eram sequestrados por aquilo. Sua paixão por plantas, algo que quando eram estudantes nem sequer passava por seu panorama mental, tinha nascido provavelmente assim, por meio da constatação reiterada do quanto elas eram magníficas nas fotos das bay windows, sob as prateleiras, no assoalho de espinha de peixe. O verde resplandecente das folhas tropicais e os poás branco-violeta das begônias desfilavam nos perfis como testemunhas de uma vida refinada e apreciada. No início Anna e Tom não tinham plena consciência disso, perceberam apenas mais tarde, em um segundo momento. De um dia para o outro as plantas apareceram como uma competência já adquirida.

Algo parecido tinha acontecido na cozinha. Como começara? Não davam muita bola para o assunto quando eram universitários. Eram capazes de preparar algumas receitas de família, sozinhos costumavam comer fast food ou sanduíches. O ápice do talento culinário era conseguir alimentar grupos de oito ou dez colegas de universidade que se reuniam aos domingos antes das provas finais — um minestrone, um curry, um ragu. Comidas salgadas e calóricas, de consistência pastosa e escuras, avermelhadas. Serviam em pratos e tigelas sem pares, azuis e verde-pistache, da Ikea. As porções eram muito abundantes.

Agora, lembravam disso quase com vergonha. Sua tela revelara um mundo de diferenças cuja existência antes ignoravam.

O intenso verde-azulado do kale e o verde-esmeralda do avocado se destacavam nos pratos esmaltados com motivos brancos e azuis, ou nas tigelas cinza-claras de cerâmica artesanal, decorados com uma constelação de sementes de romã salpicadas de vinagre denso e escuro. A pátina opaca de uma lasca de ardósia ressaltava o brilho dos cachos de queijos frescos pulverizados com ervas aromáticas e bagos de uvas. Adornavam pratos com sementes polvilhadas, splashs de molhos, pérolas de redução. Grelhavam verduras em frigideiras de ferro fundido, com óleo de semente de uva, sem jamais lavá-las; cozinhavam risotos não na atávica panela de pressão, mas em uma panela sauteuse de alumínio de fundo grosso; sopas e cozidos de carne exigiam as características térmicas e a materialidade das panelas de barro, das caçarolas de ferro gusa. O cozimento a baixa temperatura exaltava a textura e a maciez dos cortes de carne insólitos — o diafragma, a língua. As sementes eram tostadas, os molhos, batidos pelo menos em parte para ter cremosidade. As couves-rábano e as abobrinhas tromboncino e os tomatinhos heirloom amarelinhos e esverdeados eram fatiados e colocados em lâminas impalpáveis ou em cubinhos rústicos sobre tábuas de corte. As facas eram de cerâmica, depois de ferro vietnamita escurecido com ferrugem, depois de aço forjado.

Anna e Tom dedicavam muita energia mental àquela paixão nascida de repente e, de alguma forma, já tornada realidade. Dedicavam-lhe inclusive um gasto considerável. E ainda assim, não eram movidos por um impulso consumista. Não tinha nada a ver com o desejo de ostentar uma determinada marca de louças ou a busca por produtos de luxo. Preferiam ingredientes simples, adequados a receitas que ressaltavam suas particularidades gustativas, como o esmalte branco ressaltava o roxo manchado de ouro de uma beterraba caramelizada. Não era um interesse injustificável, estimulado pela publicidade. Tinha surgido por osmose ao observar as diferenças que os cercavam. Era, no fundo, uma busca por liberdade e prazer, em primeiro lugar gustativo, mas também de prazer tátil, pela preparação lenta, e visual, pelo empratamento.

O mesmo interesse tinha se manifestado nos amigos. Eles também, com uma simultaneidade quase sobrenatural, haviam descoberto a fermentação caseira, a couve-flor dourada com maçarico, o umami. À medida que viravam adultos, as noites na balada — cansativas pelas drogas, lotadas de turistas — tinham sido substituídas por longos almoços nas tardes de verão ou jantares à luz de velas acompanhados pelas flores de gelo formadas na janela.

Então, sobre as mesas de madeira de demolição e as toalhas de algodão cru, multiplicavam-se bandejas de estanho ou vidro fumê, cheias de saladas enriquecidas com sementes e frutas secas, quinoa e favas, ou raízes sazonais assadas temperadas com gengibre e sumagre. Queijos de cabra ou de *fossa* reluziam nas redomas de vidro. Nas canecas de barro, respingavam IPAs das microcervejarias locais, no fundo das taças se depositavam borras do vinho de fermentação natural. Das pequenas xícaras de porcelana marrom e branco exalava o aroma dos grãos de café de origem única, tostados no ponto certo e moídos na hora.

Cada prato era acompanhado por um coro de elogios e indicações técnicas, ou antecipado por uma explicação vergonhosa do que tinha dado errado. Conversavam sobre as feirinhas e as padarias, os tempos de cozimento nos fornos elétricos e a gás. Quando voltavam de um jantar na casa de amigos, Anna e Tom costumavam avaliar cada detalhe das comidas, mas não com um espírito competitivo. Era uma aprendizagem comum. A comida era, afinal, uma dimensão de sua cultura, e eles discutiam sobre isso do mesmo modo que as gerações passadas haviam discutido sobre cinema, livros, política. Ajudava a definir quem eram.

Os melhores pratos que conseguiam fazer eram fotografados, taggeados, compartilhados. As imagens atravessavam o planeta, ricocheteando pela órbita baixa ou acelerando pelas dorsais oceânicas até chegar às telas de seus coetâneos em Lyon, em Helsinki, em Valência, que as observavam imediatamente encantados pelas diferenças. Depois, apertavam uma combinação de teclas impressa em sua memória muscular e voltavam a trabalhar das mesinhas dos cafés com ótimo wi-fi e cardápio do dia escrito em uma lousa de ardósia e babosas tentaculares. Um ovo virava mais famoso do que o papa. Um vírus contagioso devastava a África Ocidental. Um bilionário jogava um balde de gelo na cabeça. Uma marca de moda explorava as tecelãs do Leste Asiático. Uma menina filmava todas as vezes que lhe assobiavam na rua. Dois afro-americanos mortos pela polícia. Um homem filmava primeiros beijos. Um avião desaparecia a caminho de Pequim. Uma mulher era linda. Uma casa cheia de plantas era linda. Uma quiche vegana era linda. Um menino precisava de dinheiro para a quimioterapia. O tempo desaparecia.

A cidade subia e descia como a maré. Os invernos traziam as desistências usuais; as primaveras, uma onda fresca de expatriados. Abriam novos bares e novas galerias, sempre lotados enquanto outros não abrissem. Anna e Tom ascendiam lentamente pela pirâmide da legitimidade. Sabiam falar melhor alemão do que os outros. Eram eles quem disponibilizavam o endereço de uma Anmeldung temporária, davam indicações sobre como conseguir a Künstlersozialkasse. Davam de presente solas de feltro, que os salvaram das frieiras no primeiro inverno. Com a abertura do novo aeroporto, poderiam falar de Tegel com a superioridade fascinante dos veteranos que evocavam as primeiras aterrissagens em Tempelhof.

Os recém-chegados vinham sempre menos da Espanha, da França e da Itália, e sempre mais da Baviera ou dos Estados Unidos. Além dos músicos e das doutorandas, havia também muitos que trabalhavam no mercado financeiro ou no ramo da tecnologia. Tinham um emprego estável, ou contratos regulares em start-ups com fuso horário californiano. Continuavam indo trabalhar nos cafés, como todos, mas aquela multidão de maçãs luminosas exalava uma concentração intensa, muito diferente da atmosfera despreocupada de outros tempos. Já não levavam headphones almofadados vibrando electropop, mas elegantes aparelhos antirruído. Incomodavam-se com quem fumava na mesa ao lado. Nas ferramentas de busca, postavam avaliações dos bares e criticavam, de forma detalhada, o grau de torra do café e a velocidade de upload da rede wireless.

Um espírito novo parecia se manifestar através de mil sutilezas. Multiplicavam-se as hamburguerias gourmet. A irritação cutânea causada pelos percevejos, que antes deixavam aflitos apenas os estadunidenses, aos poucos ganhava terreno na cidade, com um mapa epidemiológico proporcional à densidade de apartamentos para aluguel de curta duração. Os novos bares que abriam, em que trabalhavam bartenders escoceses ou australianos, tinham cardápios unicamente em inglês. Os fregueses da velha guarda comentavam, com desdém, que agora nem tentariam mais aprender alemão, mas Anna e Tom amavam aquela vaga sensação de desorientação anglófona. Era exatamente isso que os fazia se sentirem em casa ali.

Seu inglês não era ótimo, mas era suficiente para qualquer necessidade. Servia de elo para sua comunidade, com uma tolerância para variações de sotaque e erros que fazia com que todos se sentissem à vontade. Enquanto ninguém o reivindicasse como língua nativa — e os londrinos e estadunidenses ainda eram muito poucos —, o inglês era a língua de todos. Estavam tão acostumados a misturar sotaques franceses e italianos e poloneses que, no começo, o jeito de falar dos irlandeses lhes parecia mais bizarro e cansativo de se compreender do que os fonemas aspirados dos espanhóis bêbados. Em grupo, passava-se sem transição da própria língua a um inglês descolorido e salpicado de termos em alemão, articulados em uma pronúncia vagamente californiana.

A dissolução das especificidades nacionais ia além da língua. Tinham parado de ler os jornais de seus países pouco depois da chegada, já que pareciam superficiais se comparados com aqueles em inglês. Seu horizonte intelectual era formado principalmente pelas manchetes do *Guardian* e do *New York Times*, que eram também as lidas por seus amigos gregos, holandeses, belgas. Em seu mundo, os discursos de Barack Obama e os tiroteios nas escolas tinham uma existência muito mais vívida do que as leis votadas a poucas estações de U-Bahn mais à frente, ou dos mortos no mar a duas horas de avião.

As notícias e a língua determinavam uma espécie de koiné ideológica comum. Todos se identificavam com alguma ideia de esquerda. Consideravam-se feministas e engajados contra as injustiças sociais, o que queria dizer principalmente que se indignavam com alguns episódios de racismo ou sexismo que aconteciam em Nova York. Anna e Tom repudiaram publicamente um cliente que se recusara a repudiar uma publicidade machista. Doavam dez dólares por mês a uma fundação que lutava contra a discriminação de pessoas LGBTQ, que viravam pouco menos de nove por causa da comissão do gestor californiano. Como seus amigos, não estavam certos se deviam apoiar Hillary Clinton por ser mulher ou condená-la por sua ligação com a indústria farmacêutica. Essa dimensão de seu engajamento, por óbvio, era puramente teórica; do ponto de vista prático, o que faziam era pegar Uber só quando nevava, e davam gorjeta em dinheiro vivo. Não comiam atum.

A fase em que falantes nativos de inglês chegaram em massa passara, enfim, despercebida. Tinham se diluído no universo anglófono, mais um sotaque em meio a tantos outros. Não havia motivo para dar muita importância ao fato de que a língua de todos estava se transformando na língua de alguns mais do que de outros. Os próprios americanos não pareciam surpresos ao chegarem a uma capital distante e encontrar, já formada e pronta para acolhê-los, uma comunidade de pessoas que conversavam em sua língua sobre política de seu país natal. Por que deveriam? Sentiam-se em casa. Eles também evitavam pegar Uber. Também se sentiam divididos sobre Hillary Clinton.

Uma espécie de obsessão imobiliária dominava as conversas, importada dos nova-iorquinos junto com os parasitas nos colchões. Todos procuravam uma casa melhor e um contrato que os protegesse, curiosos para saber quanto os outros pagavam, quais as condições. Teria parecido tão irrelevante anos antes, quando a única alternativa consistia em apartamentos enormes por seiscentos euros ou minúsculos por duzentos e cinquenta. O influxo de dólares, que valiam mais metros em Berlim do que pés em San Francisco, alimentava a desordem no panorama habitacional da cidade. Toda semana chegavam e-mails perguntando se alguém ia deixar o apartamento ou se sabiam de quartos livres. Os remetentes eram semidesconhecidos, e pelo cabeçalho dava para reconstruir uma corrente de encaminhamentos que já levava semanas. Nos brunches em casa ou nas aberturas de mostras, trocavam informações sobre os documentos necessários para um apartamento com aluguel social — WBS, Sonderbedarf — e debatiam se valia a pena se inscrever no sindicato dos inquilinos. Procuravam no Google Tradutor os termos técnicos dos contratos. Recordavam os projetos de novas construções no centro que, até pouco tempo atrás, custavam três mil euros o metro quadrado, e de como riram dos contadores de Bielefeld e dos dentistas de Parma que gastavam tanto por um lugar em Berlim sem saber que era uma cidade infinita. Agora já não riam mais.

Despejos de ocupações também se tornaram frequentes. De início, Anna e Tom não tinham dado muita atenção ao problema. Aquela forma de espaço lhes parecia pitoresca, mas ultrapassada, ligada a um modelo de cidade suja e conflituosa, típica dos anos 80. E, de qualquer forma, em Berlim havia tantas que uma margem de atrito parecia inevitável. O que os deixou um pouco abalados foi a notícia da demolição de Tacheles, um centro comercial em estilo art nouveau ocupado dez anos antes por um coletivo de artistas. Para falar a verdade, estiveram lá raras vezes, e aquela estética grafiteira era dolorosamente ingênua se comparada com a bienal de arte, cuja sede ficava a poucos quarteirões dali; porém, a beleza do lugar nunca tinha deixado de impressioná-los, sobretudo nos primeiros meses, enquanto caminhavam em direção ao bunker da coleção Boros ou à pizzaria do antigo salão de festas. As cornijas de estuque com camadas de cartazes, as suntuosas varandas envidraçadas convertidas em cabines de DJ encarnavam perfeitamente a ideia de abundância e liberdade que fazia de Berlim uma cidade tão única. Prometeram ir à manifestação, mas naquele dia tinham marcado uma call de última hora, e era um bairro afastado dos lugares que frequentavam. Passaram-se meses para que estivessem, por acaso, na Oranienburgerstraße, e percebessem com estupor que o Tacheles já tinha sido demolido.

Até mesmo o antigo aeroporto corria perigo. A sobrevivência de uma área substancialmente abandonada, no centro da cidade, sempre foi sentida como um sinal de resistência de Berlim à especulação imobiliária; o anúncio de um projeto imobiliário que lhe tomaria um grande pedaço — destinando-o, em parte, à habitação social, e em parte, a edifícios de luxo — era um alarme impossível de ignorar. A reação foi profunda e imediata, mobilizando tanto os residentes que moravam ali fazia vinte anos quanto os franceses e os espanhóis e os estadunidenses, já que os panfletos eram bilíngues. Havia quem quisesse que se convertesse irrestritamente em novas áreas verdes, e quem (sobretudo berlinenses) preferisse o aumento da oferta de moradias populares da cidade. O projeto de erguer uma montanha com um quilômetro de altura para uma estação urbana de esqui obteve atenção antes de se revelar uma provocação. O referendo marcou um pico de consciência cívica jamais visto nos grupos de Anna e Tom, ainda que nem todos pudessem votar porque era preciso ter domicílio fiscal na Alemanha. O resultado foi ambíguo — os projetos propostos tinham sido todos rejeitados, sem a aprovação de nenhuma resolução vinculante sobre o futuro. Para Anna e Tom, isso não era uma derrota, pelo contrário. Melhor do que qualquer destinação definitiva era o parque de Tempelhof permanecer exatamente como estava, um laboratório de futuros possíveis.

Aquilo que estava acontecendo com a cidade — a substituição dos habitantes históricos por recém-chegados, mais jovens e ricos, e o aumento dos preços e da homogeneidade sociocultural — era chamado de gentrificação. Um nome conhecido quase exclusivamente por quem era responsável por ela. Anna e Tom sabiam bem. Frequentavam bares em que a cerveja artesanal custava o triplo das Pils nas Kneipe de bairro; aglomeravam-se em frente a galerias de arte cujas vitrines conservavam, de forma irônica, os letreiros dos antiquários e dos sapateiros que tinham despejado; substituíam inquilinos que haviam pagado o aluguel em marco alemão-oriental. Eram conscientes de contribuírem e alimentarem o problema, que inclusive começava a afetar seu mundo, mas eram conscientes disso sem admiti-lo, e de modo pouco aprofundado, como os fumantes quando pensam no câncer. Na época de sua chegada à cidade, os preços ainda eram baixos. Ali ainda estava o sapateiro, até a chegada dos americanos. A gentrificação da qual estavam cientes era algo feito pelos outros.

Claro, se tivessem chegado agora, provavelmente não teriam encontrado um apartamento como aquele, e não teriam condições de pagar o aluguel. Às vezes, esse pensamento os atravessava com um relâmpago de angústia, como se a vida sólida que tinham construído não dependesse, na verdade, de uma coincidência cronológica. Havia momentos em que sentiam que sua identidade não estava ancorada em suas ações e seus pensamentos, mas sim em algo caprichoso e quebradiço, um lance de dados, uma semana.

Eram momentos de desconforto. Uma tarde de domingo que passavam em casa. Às quatro horas já era noite e o vento frio lançava golpes de granizo contra a janela. Os olhos doíam pelo tempo em frente ao computador. Um cliente em seu país não os pagava. A Hausverwaltung tinha aumentado o aluguel sem motivo. O Finanzamt demorava para disponibilizar a Ansässigkeitsbescheinigung daquele ano. A primavera parecia muito distante, no extremo oposto de uma repetição infinita de tudo isso. Sentavam-se nas poltronas escandinavas com uma xícara de chá de flor de jasmim ou uma infusão de erva--doce e pensavam que naquela semana João ou Émilie tinha ido embora. No fundo, eles os compreendiam.

Então, as imagens de Berlim das quais tanto gostavam iam ficando desfocadas; ou melhor, pareciam enganosas, precisas em suas limitações, mas concebidas de forma a ocultar uma parte crucial da experiência que queriam representar. No lugar delas, como uma inversão de perspectiva, apareciam, em primeiro plano, as lembranças dos tempos da faculdade, as ruas que conheciam de cor e salteado. Se tivessem ficado em seu país, naquele domingo teriam ido almoçar na casa da família dele ou dela. Provavelmente estariam ainda tomando café; o sol ainda não teria se posto. Não havia necessidade de conversar sobre isso para Anna e Tom se sentirem esmagados pela nostalgia. O que estavam fazendo ali? Não era de sua cidade natal que sentiam falta, mas de algo que ali tinham dado como certo. Não sabiam o que era, mas sentiam que aquela falta aumentava a intensidade da vida cotidiana, assim como aumentava seu custo energético, deixando-a às vezes mais entusiasmante, porém essencialmente mais dura.

Olhando de fora, não teria sido difícil apontar os motivos daquela sensação de estranhamento, mas, paradoxalmente, não havia uma explicação vinda de dentro. Em Berlim, Anna e Tom viviam de fato em uma bolha, mais estreita e insular do que aquelas que se formavam nas redes sociais. Em certo sentido, tinham se radicalizado. Falavam um inglês impreciso com outros falantes cuja língua materna era outra. Viviam em um mundo em que todos aceitavam uma carreira de cocaína, mas ninguém trabalhava como médico ou confeiteiro ou taxista ou professor do ensino fundamental. Transitavam exclusivamente por apartamentos cheios de plantas e por cafés com ótimo wi-fi. Com o tempo, era inevitável se convencer de que não existia nada além disso.

O futuro aparecia desfocado. Não conseguiam imaginá-lo substancialmente diverso de sua vida cotidiana — tão perfeita e impecável —, e isso lhes conferia algo de abstrato e pouco atrativo. Tinham crescido com a imagem latente das transformações sociais dos anos 60 e 70; os avós haviam vivenciado a guerra, sacudidos pelo maremoto de um século que agora parecia encerrado por completo e que havia dado lugar a esse presente de bonança sem limites. Gostariam de ter tido vinte anos em 68, ou de ter protestado na queda do muro. Para as gerações passadas, tinha sido muito mais fácil entender quem se era, de que lado estar. Os problemas de então, ainda que mais urgentes, pareciam também mais fáceis de serem resolvidos de forma clara. Hoje as escolhas eram múltiplas e cada uma se estendia em uma selva de bifurcações que acabava excluindo qualquer possibilidade de mudança drástica. O futuro mais revolucionário que podiam imaginar era a igualdade de gênero nos conselhos de administração das empresas, os carros elétricos, o vegetarianismo. Anna e Tom não só tinham inveja de quem lutara por um mundo radicalmente diferente, mas até mesmo de quem havia sido capaz de imaginá-lo.

Aquela nostalgia era um pouco hipócrita. Fazia anos que a crise migratória pululava no horizonte das manchetes dos jornais, ainda que por muito tempo os dois a tivessem considerado um problema local dos países do Mediterrâneo, já não deles. Em

Berlim, tudo isso não lhes dizia respeito, ou apenas da maneira abstrata com que lhes diziam respeito as injustiças remotas.

E no entanto, ainda no verão de 2015, os jornais internacionais publicavam, quase todo os dias, resumos dos naufrágios e das condições desumanas nos campos de detenção na costa norte-africana. Os infográficos reproduziam números com quatro ou cinco zeros, e rotas traçadas em vermelho através da Mauritânia e da Argélia, do Sudão e da Líbia, e pictogramas circulares a respeito da Síria e do Afeganistão. As imagens mostravam botes infláveis adernados em plena tempestade, repletos de dezenas ou centenas de pessoas que vestiam coletes salva-vidas descosturados cujos fechos balançavam ao vento, ou simplesmente sem colete. Os centros de acolhimento para quem sobrevivia à viagem eram barracas ou estacionamentos de contêineres pré-fabricados, devastados pelo sol e cercados por arame farpado.

Anna e Tom sabiam que as políticas de rechaço eram desumanas, semelhantes às atrocidades praticadas dia após dia na fronteira entre o México e o Texas. Criticavam ambas, e se sentiam igualmente obrigados a ter consciência do próprio privilégio e a compartilharem as reprovações que lhes apareciam na timeline. Todos os amigos com quem conversavam sobre o assunto concordavam com eles. Tinham adicionado à lista de doações mensais uma associação de resgate marítimo, e assinado algumas petições para que a União Europeia fizesse algo mais. Contudo, ao contrário das lutas do passado, nem mesmo nessa batalha conseguiam encontrar a clareza de ideias a que tanto aspiravam. Cada desejo de fronteiras abertas era contrabalançado pela consciência de que um acolhimento indiscriminado teria reacendido a xenofobia daqueles que Anna e Tom chamavam — de maneira vaga, que em parte era desprezo, em parte consciência do próprio privilégio — "trabalhadores não especializados". Não sabiam o que fazer, além de se indignar com a situação. Com o passar do tempo, as imagens dos imigrantes no mar, abarrotados nos pequenos botes infláveis escoltados por barcos militares cinza, tinham virado uma parte estável do panorama de informação que os cercava, com uma codificação visual regular, como a poeira amarela nas fotos das guerras no Oriente Médio, ou as explosões vermelhas e azul-claras das bombas de fumaça nas reportagens sobre o G8.

A situação mudou com a imagem do menino afogado.

Estava deitado de barriga para baixo, à beira-mar, com os braços estendidos ao lado do corpo. As ondas banhavam sua cabeça, a água azul-chumbo sobre a areia escura. Vestia bermuda azul e uma camiseta vermelha levantada, que deixava a barriga descoberta. Por alguns enquadramentos, parecia dormir. Mas não eram essas as cenas que mais circulavam. Nas imagens que mais apareciam, via-se a água tocar-lhe o rosto de modo que se ressaltasse a desnaturalidade da posição, a ausência de um reflexo espontâneo. Intuía-se o abandono muscular pelo punho frouxo. Havia um close-up que deixava em primeiro plano as solas dos sapatos, e havia também um plano aberto que mostrava um trecho mais amplo da costa ao fundo. A silhueta daquele pequeno corpo caído na areia estava ligeiramente deslocada do centro da cena, e um pouco afastado estava um homem com um quepe e um colete de identificação, inexplicavelmente do mesmo tom de vermelho e azul das roupas da criança. O homem, de costas, tinha parado pouco antes de seus coturnos tocarem a espuma das ondas, que refletiam um sol lívido, cor de petróleo. Observava o menino afogado com o celular na mão, como se estivesse para tirar uma foto. O desapego evidente de sua postura resultava perversamente mais antinatural do que a posição do cadáver sob seus pés, que parecia uma coisa minúscula, largada ali, não muito maior do que outros detritos devolvidos à praia pela maré.

Aquela imagem tinha a potência simbólica das fotografias que fazem história, e se multiplicava com uma rapidez impressionante, nas redes sociais e nas homepages dos jornais, na televisão e nos cartazes ilegais colados durante as marchas de protesto. Anna e Tom sentiam que a foto era destinada a simbolizar um momento épico, como o homem em frente a tanques de guerra ou a menina do napalm. Ela circulava havia poucos dias quando o governo alemão decidiu abrir as fronteiras a um milhão de refugiados sírios.

A notícia de que o centro de acolhimento em Berlim fora montado no velho aeroporto de Tempelhof se propagou pelas timelines como uma sirene de ataque aéreo, mobilizando o círculo de amizade de Anna e Tom com uma urgência difícil de se imaginar até pouco tempo antes. De um dia para o outro, o ativismo de suas redes sociais se espalhara pela cidade, e eles tinham se deixado levar sem uma decisão consciente. Eram movidos pelo alarme da crise humanitária, sem dúvida, mas também pela sensação de que ao redor deles estava acontecendo algo de que não queriam se eximir, uma espécie de encontro marcado com a história, finalmente.

Sua inbox era um vórtice de crowdfunding e call to action. Recebiam convites para calendários compartilhados, mailing lists, documentos colaborativos. Em uma planilha do Google Cloud, alguns voluntários anônimos tinham disponibilizado uma lista com frases de primeira necessidade do árabe para o alemão. Anna e Tom se propuseram a diagramá-la, mas alguém já tinha feito isso, e um impressor de arte já tinha cuidado da primeira tiragem, que outras pessoas já distribuíam nos hotspots. A caixa de texto era sóbria e legível, elegante pela fonte sem serifa e o alinhamento assimétrico e centralizado, com margens amplas, arejadas.

Anna e Tom ofereceram seu endereço como ponto de coleta das doações, que periodicamente eram recolhidas por alguém de furgão e levadas a Tempelhof. A qualquer hora do dia, mas em especial entre as dez da manhã e a uma da tarde, a campainha tocava e eles recebiam bolsas de pano de revistas de arquitetura ou sacolas azuis da Ikea cheias de cobertores em fleece, botas para trilha, brinquedos, luvas. Quem as levava eram pessoas mais ou menos da idade deles, às vezes com um cachorro ou um carrinho de bebê off-road. Eram sobretudo americanos, mas também, surpreendentemente, alemães. Rostos com os quais se lembravam de ter cruzado no café português da Sonnenallee, ou em um DJ set ilegal em Hasenheide, ou em uma abertura. Só que agora o contato parecia mais autêntico. Na troca de olhares, havia o reconhecimento mútuo de luta comum. Eram membros de uma coletividade, cidadãos de algo mais vasto que a espaçonave anglófona que os depositara em Berlim. Isso, que antes era somente uma suspeita, parecia se confirmar quando espelhava a suspeita nos olhos de quem batia à porta com sacolas com casacos de pele de ovelha de segunda mão e camisetas de algodão ecológico da American Apparel.

Anna e Tom respondiam aos e-mails. Catalogavam as coisas e as levavam lá embaixo, para evitar que os voluntários perdessem tempo ao procurar vaga para estacionar. Compartilhavam os testemunhos e as fotos difundidas pelas pessoas a bordo dos navios das ONGs. Seus dias eram engolidos pelo fluxo de informação da internet — os refugiados em Tempelhof eram oitocentos, três mil, dezesseis mil; as barracas não eram suficientes; os carregadores dos smartphones geravam curtos-circuitos, portanto havia sempre a necessidade de novas extensões, e de fraldas, e de ajuda. Os clientes a quem comunicavam os atrasos entendiam, incentivavam. Quando escreveram à fábrica de kombucha de Plänterwald para dizer que os panfletos iriam atrasar duas semanas, receberam uma resposta automática dizendo que as entregas estavam suspensas pois o furgão era mais necessário em outra parte.

Todo mundo discutia longamente sobre que coisas concretas poderiam fazer para ajudar. Reuniam-se nos grandes salões dos WG em Gräfekiez, nos grupos do Facebook, em galerias de arte sentados em roda em cadeiras dobráveis, para se fazer perguntas difíceis, para se interrogar sobre que papel eles desempenhavam naquela situação histórica que vivia a sua cidade. Com "eles", queriam dizer as designers gráficas e publicitárias, os artistas, os arquitetos, as programadoras — pessoas com competências e habilidades valorizadas e, de certa forma, especiais, que porém encontravam dificuldade em aplicá-las naquelas circunstâncias. Eram poucos os que falavam bem alemão, ninguém falava árabe; as ONGs buscavam apenas pessoas com experiências em navegação ou socorro marítimo. Com "eles" não se referiam, ou pelo menos não de forma explícita, àqueles que chamavam de expat, termo que empregavam somente de forma irônica ou pejorativa. Termo, no entanto, que se aplicava a *eles*, e no frenesi com que se mobilizavam e no metafrenesi com que tentavam teorizar essa mobilização, ninguém articulava de modo explícito por que a abreviação se aplicava apenas a alguns expatriados, e não a outros.

Às vezes, Anna e Tom iam a Tempelhof pessoalmente. As barracas, a princípio montadas na grama entre as pistas de decolagem, tinham sido transferidas para um hangar com a proximidade do outono. Ficavam separadas por divisórias de plástico cobertas por grafites e desenhos. Havia um alarido perene, e o ar cheirava a roupa úmida e lama. Os refugiados pareciam exaustos, desolados, confusos. Alguns se indignavam com o tratamento que recebiam, a maioria se abandonava a uma atônita gratidão que resistia até mesmo à deficiência das estruturas e às suspeitas de que aquela operação humanitária fosse motivada acima de tudo pela necessidade de mão de obra. Os adultos eram obrigados a seguir os Intergrationskurs de alemão para desenvolver um perfil profissional, e as crianças, mais ou menos abandonadas a si mesmas para elaborar o trauma do desenraizamento e da imigração, corriam de um lado para outro em grupos pelos edifícios, gritando e brigando no meio da poeira. As listas de frases úteis diagramadas com elegância acabavam jogadas pelos cantos, enrugadas pela umidade, porque todos usavam os apps de tradução no celular.

Ali, Anna e Tom não conseguiam se sentir úteis. Tentavam dar uma mão cuidando das crianças, mas se sentiam incapazes de compreendê-las e, ainda que reconhecer isso os envergonhasse, com um pouco de medo. Precisavam de intérpretes na seção de passaportes, mas seu alemão não era preciso o suficiente. Os coordenadores dos voluntários que faziam a mediação entre a polícia e os representantes dos refugiados perdiam a paciência toda vez que alguém lhes pedia explicações em inglês.

Tinham dificuldades em justificar a própria presença ali. Quando chegava uma nova carga de doações, passavam a manhã inteira pescando, nos sacos, sapatos e meias para distribuí-los às pessoas na fila, mas o fluxo foi interrompido depois de um caso de percevejos. Por fim, se inscreveram nos turnos do refeitório, e distribuíam conchas de sopa, quatro horas por semana, ao meio-dia. Voltavam para casa com dor de cabeça e os lábios ressecados pelo vento gelado. Postavam uma foto da fila do almoço, ou uma chamada para novos voluntários. Enquanto esquentavam as mãos na xícara de genmaicha, observavam o aumento dos likes e compartilhamentos, e sentiam, enfim, estar fazendo a coisa certa.

Mas, apesar das fotos, não faziam nada de outro mundo. Eram os primeiros a ter consciência disso. Com o tempo, aumentaram os sinais de que havia algo de suspeito em toda aquela história. Um grupo de ativistas por direito a moradia fazia piquetes todos os dias, com medo de que aquele centro de acolhimento fosse o primeiro passo para uma nova tentativa de especulação imobiliária em Tempelhof. Um jornal nacional tinha ridicularizado o projeto de uma artista canadense, muito presente nas mailing lists organizativas, que realizara um vídeo em realidade virtual para permitir ao público alemão conhecer a experiência trágica da imigração. As ONGs agora pediam aos voluntários para não levarem celulares ou câmeras, porque todos os film-makers e os video-artists que tinham se empenhado em documentar o campo de Tempelhof haviam criado tensão entre os refugiados e a polícia.

Cada vez com mais frequência, Anna e Tom se perguntavam o que estavam fazendo ali, na lama, se debatendo entre os pedidos em árabe e as intimidações em alemão, com frio nos pés, o estrondo nos ouvidos, sob os olhares tortos da polícia e dos profissionais socorristas. Em seus círculos, aquele movimento tinha sido tão universal que parecia espontâneo e, mesmo assim, agora se perguntavam se não era algo que tinha feito sentido principalmente para eles. Sem dúvida havia sido uma prova de que seu entusiasmo ético nas redes sociais era genuíno, por mais que antes faltasse um canal concreto através do qual se expressar. Estavam inseridos em uma época e um lugar, respondiam aos eventos. Mas, no fundo, o contexto em que podiam fazer a diferença era aquele ligado a seu trabalho; novos desafios esperavam por eles, em um futuro próximo ou distante, aos quais teriam ferramentas para responder. Aquele engajamento era despropositado e provavelmente em vão. Quando olhavam em volta, tudo ficava claríssimo.

As nevascas de fevereiro e a gradual alocação dos refugiados nos abrigos populares marcaram a progressiva queda de seu engajamento político. Os e-mails dos grupos de discussão eram cada vez mais raros. As últimas reuniões noturnas na galeria de arte na Hobrechtstraße haviam se concluído com a promessa de renovarem o engajamento em abril, quando os desembarques voltariam a se intensificar. Então decidiram adiar para depois da Gallery Weekend, e então para depois da Bienal, e então já era verão.

Não sabiam dizer exatamente o que tinha mudado quando a urgência da crise migratória passou. Sob muitos aspectos, a vida de sempre recomeçou. Trabalhavam. Iam às aberturas, iam às festas. Conseguiam ainda se encantar pela beleza da Fernsehturm iluminada pelo sol com a colina da Hermannstraße ao fundo. Porém, aqueles meses de esforço, que tinham se esfumado sem nenhum resultado tangível ou conclusões, os deixara cansados, frustrados. Tinham percebido — em si mesmos, em torno de si mesmos — uma inconclusão e um vácuo que não conseguiam tirar da cabeça. Estavam inquietos.

Queriam que tudo voltasse a ser como antes. Ou como alternativa, queriam uma mudança drástica. Tudo se tornara igual. Algo tinha de ser repensado. Mas o quê? Não queriam filhos, não pensavam em mudar de cidade; inevitavelmente, falavam de dinheiro.

Aos sábados, sentavam-se ao redor da grande mesa em que tinham passado a semana inteira trabalhando e faziam planos vagos. Podiam aumentar o volume de negócios. Podiam abrir uma agência. A perspectiva de estabilidade profissional nunca os convenceu a aceitar as vagas in-house que às vezes os clientes ofereciam. A própria ideia de trabalhar em um escritório constituía uma espécie de rendição humilhante em sua mente — ainda que, para falar a verdade, não soubessem muito bem por quê. Quando chegavam projetos muito grandes, eles iam às redes sociais atrás de recém-formados croatas ou italianos dispostos a diagramar na sala do apartamento por algumas semanas. A perspectiva de abrir um estúdio se tornava mais tentadora. Trabalhar de casa era cômodo, criava uma doçura sedutora na vida cotidiana, mas reconheciam algo de positivo na ideia de uma rotina, a caminhada matinal em direção ao trabalho. Passar o dia inteiro no mesmo apartamento podia ser sufocante.

Conversavam longamente sobre isso, durante os piqueniques em Maybachufer, ou na sauna da Soho House, da qual os amigos mais bem-conectados eram sócios. Fazer planos os galvanizava. Inventavam nomes com ares nórdicos que visualizavam em stencils com fonte Helvetica Neue Light e os salvavam em uma lista cada vez maior nas notas do celular. Às vezes, verificavam se os domínios de site estavam disponíveis. Deixavam-se levar pela fantasia dos detalhes: desenhar um logo, gravar um vídeo viral para apresentar aos clientes, escolher as plantas tropicais para expor nas vitrines, encerar o piso ou recuperar o linóleo natural debaixo dos azulejos da DDR, comprar mesas sob medida na Modulor.

Alguns anos antes, tudo teria sido tão fácil. Os espaços vazios estavam por toda parte. Agora se arrependiam de não terem pensado nisso antes. Se passassem em frente a um cartaz ZU VERMIETEN na vitrine de uma loja disponível para locação, tiravam uma foto do número e ligavam. Às vezes marcavam até uma Besichtigung quando quem respondia não era uma imobiliária. Tinham visitado várias salas comerciais minúsculas na Dieffenbachstraße, com papel de parede surrado e boiserie nos corredores, e uma antiga e mastodôntica central telefônica dos anos 70 na Spreewaldplatz, um edifício de planta triangular e com uma capa plástica revestindo todas as superfícies. Mas os preços eram sempre demasiado altos — não impossíveis, mas tampouco possíveis sem sacrifícios que não estavam dispostos a fazer. Em uma ocasião fizeram uma oferta, mas foi recusada, já que seu faturamento não oferecia garantias suficientes.

Podiam alugar uma estação de trabalho em um estúdio compartilhado. Nos últimos tempos, vinham convertendo as galerias de arte e os espaços de teatro-dança dos galpões de tijolinho amarelo de Kreuzberg em espaços de coworking. Ofereciam lanches veganos e ótimo wi-fi. As plantas já estavam lá. Anna e Tom contavam com vários amigos que trabalhavam assim e falavam muito bem daquilo. Teria sido um ponto de partida lógico para entender se fazia sentido dar aquele passo em direção ao crescimento.

Mas a própria ideia de gradualidade era incompatível com tudo o que sabiam da vida. Queriam realizações plenas, do contrário nem levavam em consideração; trabalhar em um coworking não teria sido um começo, e sim um passo para trás em relação à espaçosa comodidade do estúdio que tinham montado em casa. Teria sido um desperdício de dinheiro.

Voltavam sempre a esse assunto. No passado, Anna e Tom nunca haviam tido a sensação de que lhes faltasse dinheiro. Desde que tinham chegado a Berlim, seu faturamento aumentava pouco a pouco, e seu estilo de vida permanecia o mesmo. Não tinham problemas com as despesas, não tinham de abrir mão de nada. Mesmo assim, com o tempo, a sensação de que tudo ia ficando cada vez mais decadente foi tomando conta deles. Formava-se uma segunda hierarquia ao seu redor, paralela àquela da antiguidade. Um apartamento espaçoso em um Altbau não era mais o único indicador de ter chegado à cidade nos primeiros anos do milênio. Os notebooks, que povoavam as mesinhas dos cafés, eram sempre maiores, de alumínio cada vez mais opaco. O tamanho dos smarthphones aumentava ano após ano. Nos apartamentos, desabrochavam cadeiras Eames originais, os tabuleiros de xadrez de Breuer, as chaise longue Le Corbusier, as luminárias de Castiglioni com a base de mármore perfurada.

Anna e Tom não sentiam desejo por aquele luxo tão descarado, mas seu surgimento parecia revelar um horizonte de possibilidades que lhes era vedado. Por vários anos, o valor que cobravam pelos serviços tinha permanecido mais ou menos o mesmo. Não havia margens de negociação, já que os clientes locais preferiam um interlocutor alemão; os dispostos a trabalhar em inglês exigiam falantes nativos, ou seja, estadunidenses. Assim como acontecia com o dinheiro, esse também era um assunto do qual nunca falavam com os amigos.

Não podendo aumentar o preço dos serviços, só lhes restava elevar a carga de trabalho. Podiam sacrificar um ano trabalhando duro para aumentar o faturamento o suficiente para conseguir o espaço que queriam. Depois de algumas ofertas para participar de concorrências que claramente não lhes interessavam, foram escolhidos para o novo conceito visual de uma rede de hotéis espalhados entre Friedrichshain e Prenzlauer Berg — logomarca, web presence, catálogo, cardápios do bar e do restaurante, louças, roupas de cama, programas de fidelização. Era muito trabalho. Era o que buscavam.

Por meses, não fizeram nada além de trabalhar. Comiam duas vezes por dia, em frente ao computador, pedindo delivery de noodles ou falafel dos mesmos restaurantes do bairro; recusavam quase todos os convites para sair e eram recebidos como náufragos quando decidiam dar um pulo em alguma abertura, em geral aproveitando uma visita às obras do cliente ou uma reunião na sede para avaliar as provas de papel. Iam para a cama com os olhos vermelhos e sonhavam com a barra de ferramentas do Photoshop, que flutuava em seu campo de visão durante um passeio no bosque, convidando-os a multiplicar um pinheiral ou prolongar um riacho com o carimbo. Se derrubavam uma xícara de café, parte de sua mente acionava os dedos com a combinação command-z. O apartamento ia se degradando em direção a uma desordem que, tempos atrás, teriam julgado intolerável — caixas de pizza, pilhas de roupa suja, bolas de poeira. E mesmo assim, Anna e Tom se sentiam como que eletrizados. Seus rostos exaustos no espelho mostravam uma imagem que não conheciam. Aquele trabalho tão obsessivo e monástico era uma aventura nova e, ao se observarem de fora, também eles se sentiam de alguma forma renovados. Intuíam que, em retrospectiva, aquele seria um período memorável. Tinham dividido o pagamento final pelo número de dias do prazo, e toda noite preenchiam a porcentagem diária em um papel quadriculado pendurado na cozinha. Desligavam o computador superaquecido, bebiam um chá e observavam o total que ia crescendo aos poucos, como uma planta bem-cuidada. Um dia, no ano seguinte, enquanto planejassem seu novo estúdio em um apartamento de novo em ordem, iriam lembrar com carinho e cumplicidade a época de alta voltagem que o tornou possível. Saboreavam aquele momento retrospectivo mais do que o pagamento final.

O cliente cancelou o projeto depois de três dos seis meses que tinha pedido inicialmente como prazo. Não que estivessem insatisfeitos com seu trabalho — pelo contrário, estavam tão satisfeitos que a diretoria tinha decidido que não lhes faltava mais nada e que podiam implementar o projeto in-house. A multa rescisória era um quarto do pagamento acordado. Depois de alguns encontros com advogados de Steglitz que falavam um inglês lento e irritante, Anna e Tom aceitaram. Era um pouco mais do que ganhavam normalmente, e naquele período, suas despesas tinham se reduzido de modo drástico, então no fim tinham saído no lucro. Mas sentiam que não tinha valido a pena. Arrancaram da geladeira o papel com os ganhos. Passaram dois dias limpando a casa com a Netflix murmurando ao fundo.

Foram necessárias duas semanas para que encontrassem novos projetos e voltassem a ter vontade de trabalhar. Naquele momento, o ganho extra já se diluíra, e no fim do ano nem teria representado um acréscimo no faturamento. Melhor assim, não queriam um sinal muito claro do que poderia ter sido e acabou não sendo. Em retrospectiva, a lembrança daqueles dias de entusiasmo assumiu, em sua história pessoal, uma consistência amarga, uma transformação falida ou inútil.

Por muito tempo, suas crises tinham sido somente passageiras. Nada antes conseguira abalar a certeza de terem feito a escolha certa, de estarem em um lugar que era a cara deles. Olhavam ao redor e as dúvidas desapareciam: a certeza de ter escolhido esse caminho se confirmava pelo reflexo em todos aqueles que também o percorriam, alguns mais adiantados, outros menos. Eram os mesmos que viam deitados na grama nos longos domingos em Tempelhof, ou fumando durante as leituras do lado de fora da ProQM.

Mas essa rede também se desagregava. Aos poucos, o círculo de amizade ia se restringindo. Os artistas procuravam estagiários da Quereinsteiger para trabalharem como interaction designer, user experience architect, SEO ninja. Os mais sortudos conseguiam um cargo de professor na Academia de Belas-Artes e se mudavam para Bochum, para Wüppertal, para Lindau. Outros acabavam com a paciência das agências de emprego, e uma vez vencido o Harz IV, aproveitavam seu conhecimento do espanhol ou do francês e iam trabalhar na área de atendimento aos clientes de uma start-up. Descobriam o plano odontológico empresarial, planos de previdência complementar, e rapidamente decidiam recuperar os anos de não carreira, dedicando ao trabalho o dobro das energias. Às mensagens recebidas no meio da manhã, que propunham uma cerveja ao sol ou uma volta de bicicleta, respondiam somente à noite. Alguns aproveitavam os benefícios dos novos contratos para se permitir o filho longamente adiado. Às vezes, continuavam indo aos openings, marcados para o começo da noite, segurando cervejas sem álcool e empurrando carrinhos de bebê off-road. Prometiam organizar um jantar em breve, muito em breve. Faziam questão de acostumar os filhos, que se chamavam Otto ou Ada ou Alex para facilitar a pronúncia multilíngue, à vida social. Mas as dificuldades organizativas levavam sempre a melhor, e quando cruzavam com eles no pingue-pongue da Arkonaplatz junto a outros casais de novos pais, Anna e Tom percebiam, com incômodo de ambos os lados, que sua amizade estava em declínio.

Ou desapareciam. As transformações cada vez mais rápidas da cidade se revoltavam contra quem as alimentara. Com a chegada dos trinta, seus amigos, até mesmo aqueles da velha guarda, decidiam voltar... para onde? Diziam ainda "back home", "descer para casa", àquela altura ainda não tinham percebido que isso queria dizer que Berlim não era sua casa.

Não era exatamente uma decisão. De repente, a vida que tinham construído se revelava frágil. Chegava uma notificação de despejo e o Mieterverein não podia fazer nada contra o Eigenbedarf. Uma gravidez inesperada inviabilizava o ingresso tardio no sistema de saúde alemão, ou exigia um apartamento maior, mas agora caro demais. Os titulares das casas sublocadas se divorciavam e abandonavam os projetos de vida em Paris ou Umeå, e expulsavam sem aviso prévio os inquilinos berlinenses de anos. Para visitar os apartamentos havia uma fila de espera, famílias da Bavária com pastas cheias de holerites, programadores com contas-correntes infladas por IPOs.

Como uma epidemia que vai dizimando sem aviso prévio os membros de uma comunidade, aos abandonos eram dedicados boletins breves e constrangedores. Quando alguém perguntava sobre Pasquale, ou Veronika, outro alguém respondia que tinham ido embora. A conversa acabava sem admitir perguntas explícitas, como quando se lida com um fato da vida. Anna e Tom, aos poucos, se viam sozinhos.

Naqueles mesmos ambientes em que antes se sentiam acolhidos, agora se percebiam quase como intrusos. Os espaços de arte independentes e as pequenas galerias de seus amigos fechavam devido aos custos excessivos das exposições, ou se fundiam com conglomerados transnacionais, ou se mudavam para Bruxelas, Nápoles, Leipzig, que havia dez anos se tornara a nova Berlim. Os lugares que os substituíam, abertos por recém-formados da Goldsmith ou de Bard, eram frequentados por pessoas muito mais novas do que eles. Vestiam casacos intimidantes da Balenciaga ou da Vetements, e todos pareciam se conhecer. Alguns desses lugares — o bar cheio de flores com um único quadro pendurado na parede que mudava todo mês, o teatrinho em que se encenavam textos em inglês de teoria filosófica — lhes pareciam incompreensíveis em todos os sentidos. A fila no Berghain era cada vez maior, ou sua paciência, cada vez menor.

Na maioria das vezes, aos sábados, não tinham nem mesmo vontade de sair. As feirinhas eram artificiosas, colonizadas por vendedores de castiçais de cobre, tillândsias, queijos orgânicos e sabonetes perfumados. Sem o seu círculo social, a arte contemporânea tinha voltado a parecer arbitrária e distante. Passavam refeições inteiras deslizando pelas sugestões da Netflix. Procuravam um filme do qual tinham lido algo na internet, mas estava disponível apenas para o mercado estadunidense. Tentavam assistir a uma série, mas já na metade do primeiro episódio a estrutura parecia repetitiva, algorítmica; começavam um documentário promissor, mas percebiam que já o tinham visto. Por fim, iam fazer um de seus passeios de sempre, mais por falta de opção do que por outro motivo.

Nem mesmo isso os deixava de bom humor. Ao longo dos caminhos habituais, invariavelmente notavam o que tinha mudado. O Spätkauf da senhorinha croata se transformara em uma "manufatura de bolos", com o letreiro cor de petróleo e o perfil do Instagram escrito a giz em uma lousa. O centro cultural onde os idosos gregos jogavam cartas agora abrigava a flagship de uma marca de sneakers japonesa. Atrás das vitrines, seguia-se uma série de escritórios indistinguíveis com um ar vagamente hipster — estúdios de design ou arquitetura, coworkings, start-ups, todos com stencils em Helvetica e mesas da Modulor. Agora, ao admirar os prédios art nouveau em torno da Mehringdamm ou o ar de ficção científica dos condomínios dos anos 60 na Kottbusser Tor, Anna e Tom contavam as fileiras de janelas apagadas também à noite. Viam nelas o sinal de que tinham sido destinadas aos aluguéis turísticos, e enfim, à especulação imobiliária.

Enquanto caminhavam, ao seu redor se desvendava toda a história de seus anos em Berlim, incrustada no espaço físico da cidade com mais firmeza do que em sua memória. Ali, no prédio da esquina, havia o apartamento térreo de Elvira, fechado com um portão barulhento que tinham batizado de cortina de ferro. Em frente à floricultura, encontravam-se com o bósnio que, às vezes, lhes abastecia de MDMA. Dois andares acima do bordel, por um tempo tinham morado Enrique e Miguel, que chegaram a Berlim ricos pela rescisão de um contrato de trabalho, na esperança de conseguirem ficar por um tempo, até que o inverno os expulsou — quando tinha sido, seis anos atrás? Aquele era o restaurante do ovo frito que comeram com Angeliki, que vivia de sublocar seus três quartos a estudantes de arte noruegueses. Fazia um tempo que não tinham notícias dela, mas imaginavam que, enfim, tivesse sido denunciada ao Finanzamt.

Essas lembranças lhes suscitavam ternura, sim, mas também uma espécie de desorientação. Por muito tempo, esses detalhes todos tinham feito com que se sentissem em casa — o pavimento caótico das calçadas, os cítricos de cimento cobertos por grafites, as plantas tropicais atrás das bay windows. Mas agora essa sensação tinha desaparecido, sem que nada tivesse mudado naquilo que antes a gerava. Era perturbador, falso. E pensando nisso, Anna e Tom se sentiam incapazes de entender o quanto daquela mudança havia acontecido na cidade, muito mais aberta quando eles tinham vinte anos, e o quanto ocorrera neles mesmos, que já não tinham mais essa idade.

O espaço deixara de ser ilimitado. O parque de Tempelhof, à noite, enchia-se de corredores com refletores pendurados no agasalho, deixando atrás de si um rastro intermitente como o sinal de um sonar. Os lotes abandonados tinham desaparecido. Em seu lugar, surgiram — nem isso, era como se tivessem se materializado já prontos — novos condomínios de luxo. Eram surpreendentemente parecidos, caracterizados por um gosto arquitetônico pretensiosamente refinado. Consistiam em uma grelha de vigas e pilares de cimento queimado emoldurando um arquivo morto de lâminas de vidro. Eram cinco ou seis andares de apartamentos com janelas do chão ao teto, por vezes duplex, por vezes recuadas para abrigar uma sacada. Não tinham cortinas, nem mesmo os andares mais baixos, e pelas paredes transparentes era possível observar com total nitidez a vida naqueles espaços em forma de cubos luminosos, tão rarefeitos e parecidos em seu interior que levantavam a suspeita de terem sido construídos assim, habitados em série. Cozinhas com ilhas de aço e estantes modulares com escassos adornos e vasos. As mesas eram de vidro ou de madeira laminada; as camas, forradas de tecido ou couro escuro. Nas paredes, quadros de arte abstrata e equipamentos de som dinamarqueses. Às vezes se entrevia a sombra de um homem, pois eram sempre homens, em pé ao lado do balcão da cozinha. Vestiam roupas escuras e bebiam lentamente vinho tinto de uma taça. Seus movimentos tinham uma lentidão quase irreal. Pareciam presos em um aquário, uma bolha de luz na penumbra da cidade.

Mas, se Anna e Tom os observassem por mais tempo, a perspectiva se invertia, e de repente, como uma espécie de vertigem, eram invadidos pela sensação de que eles é que estavam presos.

3.
Remoto

Tentaram viajar.

Não custava nada. Nas plataformas de aluguéis de curta duração, o apartamento deles sempre era reservado poucas horas depois da abertura das reservas — com aquelas mesmas fotos essenciais e límpidas, tiradas com tanto cuidado. Passaram alguns fins de semana prolongados no mar Báltico, uma semana ocasional de baixa temporada em vilas nos Alpes ou nas ilhas gregas, lugares com vistas panorâmicas e tranquilas e uma boa conexão. Decidiam a data, e assim que entrava uma reserva, planejavam a fuga, com uma exaltação crescente, uma espécie de frenesi. Folheavam páginas e páginas de fotografias para se encantarem com o destino. Estudavam com antecedência restaurantes e trilhas. Tinham uma imagem mental clara daquilo que buscavam: dias de ócio, de luz e natureza, em que poderiam dedicar cinco ou seis horas de trabalho no computador, abraçados no sofá enquanto olhavam o céu altíssimo sobre as praias desertas do Ostsee. Ou então entardeceres longos respondendo com preguiça aos e-mails, saboreando vinho e água com gás em uma pequena varanda caiada encravada em uma falésia.

Era possível, e de forma surpreendente, até mesmo fácil: a margem de lucro dos aluguéis turísticos em Berlim, a essa altura, cobria o voo e parte da hospedagem. Era uma vida tão simples. Potinhos de azeitonas, pratinhos de Matjessalat.

O gosto da maresia na pele. Tinham ao seu alcance uma liberdade imensa, uma possibilidade de exploração sem fim. Ficaram surpresos por não terem pensado naquilo antes.

Os resultados imediatos daquela liberdade foram menos unívocos. De alguma forma — entre os transfers dos aeroportos e os imprevistos —, as contas iniciais acabavam sendo sempre otimistas demais. Também a divisão do tempo decepcionava. Os preparativos para a viagem abarcavam a noite e todo o dia anterior; o trabalho acumulado deixava pouco tempo para aproveitar o fim de semana; a previsão do tempo na baixa temporada não era confiável, bem como as avaliações dos restaurantes e o wi-fi. Na maioria das vezes, voltavam para Berlim cansados e com entregas de trabalho atrasadas. Em casa descobriam, toda vez, novos arranhões. Comiam as sobras dos snacks deixados pelos hóspedes, dizendo que, ao abdicar do delivery, compensavam o gasto com o táxi do aeroporto de Tegel. Deixavam para lavar as roupas sujas só no dia seguinte, que acabava virando o fim de semana.

Apesar disso, com o passar do tempo, eram menos severos com essas escapadas, como se o ato de relembrar mudasse a qualidade da experiência. Quando deslizavam por seus perfis nas redes sociais, ficavam olhando as velhas fotos dos notebooks nas mesas na beira da praia, com o reflexo do sol nas taças de vinho enquanto Berlim era tomada pela neve, e algo de sedutor naquelas imagens os fazia esquecer o estresse que, à época, se aninhava a poucos centímetros fora da tela. Eram imagens de uma vida livre e estimulante. Eram também as imagens com mais likes, e as que mais os acumulavam mesmo passados meses da publicação. Tinha de ser o indício de algo, um sinal. Concluíam, como sempre, que deveriam tentar mais uma vez. Tinha sido uma estupidez não apreciar direito aquele momento enquanto o viviam. Em retrospectiva, parecia tudo tão claro.

Aquelas escapadas despertaram neles a ideia de uma transformação radical. Em relação ao trabalho, havia pouco a se fazer fora de uma cidade grande, mas podiam mudar de carreira, aprender algo mais autêntico. Imaginavam-se veterinários, de jipe nas estradas de terra, no meio do mato, com um cachorro no banco do passageiro, seguindo em direção a um haras distante. Ou em um laboratório de azulejos brancos em um antigo estábulo reformado, empacotando no papel-manteiga queijos artesanais com ervas aromáticas, o ar cheirando a coalho e feno. Obviamente eram devaneios. Sabiam que, se fossem realmente viver em outro lugar, continuariam a trabalhar no computador. Porém, graças a esses devaneios tinham conseguido formular aquele "e se". Uma vez dado esse passo interior, o resto era uma questão de logística e oportunidade.

No verão de 2017, viram por acaso um story do hotel para o qual deveriam ter feito a nova identidade visual, um ano antes. Apresentava um edifício alto e estreito, com a fachada reluzente em azul-claro e dourado, sacadas francesas de ferro forjado, e uma torrezinha no telhado. Não estava claro onde ficava, mas evidentemente não era Berlim. Um vídeo mostrava a entrada por um vestíbulo com piso de tacos, cujas ripas pregadas rangiam ao passar, e uma escada em espiral estreita que levava a um pequeno terraço onde, ao fundo, cintilava o verde do oceano. *Our new home, your new home*, dizia o texto sobreposto. A legenda, por sua vez, explicava que um grupo de empreendedores digitais tinha adquirido uma velha pensão no centro histórico de Lisboa e buscava criativos que ajudassem a reinventar sua estética alinhando-a ao espírito que... Anna e Tom clicaram em "responder" sem nem mesmo terminar de ler, e foram contratados.

O acordo previa um trabalho de meio período com remuneração reduzida, mas com dois meses de hospedagem em uma suíte do hotel em reforma. Parecia um sonho: eram pagos para estarem literalmente de férias, naquela que, segundo muitos, estava se transformando na nova Berlim — só que com comida mediterrânea, e invernos amenos, e o mar. Talvez pudessem até pensar em se mudar para lá e recomeçar a vida com um custo mais baixo, ainda que, claro, mais alto que o do ano anterior. Junto à felicidade pela nova transformação, havia já uma ponta de desilusão por não terem pensado nisso antes. Mas passou.

Não foi uma despedida propriamente dita de Berlim, mas uma partida. Ficariam no hotel somente em outubro e novembro, mas de certa forma pressentiram a necessidade de deixar uma porta aberta ao destino, porque sublocaram o apartamento por seis meses inteiros. Se gostassem de morar na cidade, ficariam em Lisboa, do contrário iriam para uma ilha grega ou italiana trabalhar como nômades digitais: essa expressão continuava a irritá-los, mas tinham também consciência da inveja escondida sob o desprezo. Esvaziaram o apartamento de forma mais sistemática e arrumaram outras malas com roupas extras que deixaram no sótão de uma vizinha. Encontraram novos inquilinos sem a necessidade de uma plataforma — um casal de interaction designers recém-chegadas de Portland, dispostas a gastar todo o bônus oferecido pela empresa em um aluguel tão alto que Anna e Tom se sentiram quase culpados por aceitar. Elas estavam muito felizes por ter todas aquelas plantas para tomar conta e prometeram entrar em contato quando fossem a Lisboa para o Web Summit.

Elas também compareceram à festa de despedida dos dois, levando uma bandeja de samosas orgânicas e um inalador eletrônico de CBD. Ao redor dos amigos, com as bagagens prontas e a perspectiva de um lugar novo e emocionante, o apartamento iluminado por pequenas velas e um temporal de outono que batia nas janelas, Anna e Tom experimentaram uma sensação de aventura e de liberdade que não saboreavam havia tempos. Tiraram muitas fotos em que a luz aparecia suave e quente, as pupilas dilatadas, os rostos avermelhados pelos primeiros frios; mas em nenhuma conseguiram capturar por completo aquele sentimento, e ambos recearam perdê-lo para sempre assim que tivessem ido embora, um receio paradoxal, por certo, já que o experimentavam justamente porque estavam indo embora.

Em Lisboa, se depararam com um ar de verão, e atravessaram de táxi um emaranhado de ruas estreitas demais para o bonde, calçadas repletadas de mesas e cadeiras nos paralelepípedos irregulares por causa das raízes das araucárias. O entardecer de fim de setembro se refletia nas fachadas de azulejos, nas janelas, nos vidros dos carros estacionados por todo lugar, nos pedaços de oceano visíveis entre as frestas dos prédios, dando a sensação de que o sol brilhava por todos os lados, ao mesmo tempo. O hotel ficava no Bairro Alto, em uma viela tão apertada que o taxista se recusou a entrar por medo de riscar a lateral do carro. O portão sem letreiro levava a um pequeno pátio quadrado, cercado por vidros de três lados; algumas mesas metálicas disputavam a sombra de uma árvore tropical. Ao fechar os olhos, Anna e Tom sentiam o perfume da maresia e da casca de eucalipto desfiada pelo vento, e acreditavam estar na América do Sul; mas ao abri-los, viam, para além do vitral, o piso de cimento queimado, os fícus elastica, a renovação, em tons dinamarqueses, do bar, e acreditavam estar em Berlim. A escada em espiral do vídeo levava aos quartos e, mais acima, a um terraço com vista para a cidade inteira, de onde enxergavam o oceano e as igrejas, os bosques de pinheiros marítimos, as avenidas majestosas da beira-mar e os blocos de prédios populares no interior, e pareciam estar na lânguida Europa Meridional, onde realmente estavam.

O aposento, composto de um único cômodo, ainda não tinha sido reformado. A parede era de um bege empoeirado com algumas manchas marrons; a lâmina dos móveis de fórmica estava lascada nas bordas, mostrando a parte interna de compensado de madeira inchado pela umidade. O quarto era muito grande, mas ocupado por quatro camas de solteiro, duas delas unidas simulando uma cama de casal, de modo que entre elas e o guarda-roupa era difícil passar com a mala de rodinhas. O estrado cedeu imediatamente ao peso de seus corpos, junto a um rangido de molas velhas e uma baforada de mofo do colchão. A única janela dava para o pátio interno, que ficava na sombra. O banheiro não tinha janelas.

Anna e Tom prometeram pedir uma mudança de quarto, mas depois não falaram mais sobre isso. Estavam impacientes para começar aquela nova experiência e não queriam acabar com o clima. Cada um escolheu uma das camas extras para utilizar como guarda-roupa, se trocaram e saíram às pressas. Teriam uma reunião com os clientes no café da manhã do dia seguinte, então decidiram procurar um lugar para tomar uma cerveja enquanto assistiam ao pôr do sol. Para não dar muito peso àquela primeira impressão um pouco sórdida, decidiram que durante aqueles dois meses iriam passar a maior parte do tempo no lobby, ou explorando a cidade. Era, de todo modo, o que realmente tinham planejado fazer.

Naquela primeira noite, caminharam por horas pelas vielas tortuosas da cidade alta, subindo as ladeiras à procura de uma vista panorâmica. Beberam duas cervejas contemplando um pôr do sol parcial no Miradouro de Santa Catarina. O sol caía por trás da vastidão do oceano com uma rapidez e um vermelho muito intensos, inexistentes na Alemanha. A brisa se fazia mais insistente, fresca, mas não desagradável. Todos ao redor deles falavam em inglês e português e francês, e os casais e os grupos de jovens de vinte anos eram tão parecidos com as pessoas que encontravam nos primeiros tempos de Berlim que quase sentiram ter feito um salto temporal. Conseguiam se imaginar ali, pelo simples motivo de já terem feito aquilo. Comeram bacalhau à Brás em um apartamentozinho transformado em tasca, e se perderam algumas vezes antes de voltar ao hotel, pesados pelo jantar e pela metamorfose.

Encontraram uma rotina com rapidez impressionante. O trabalho era repetitivo e fácil — tinham de dar um toque mediterrâneo, um ar de Lisboa ao style guide que haviam desenvolvido para os clientes de Berlim. Apropriaram-se de um espaço de coworking no lobby. Quando o barulho da serra circular e do martelo de demolição era excessivo, iam explorar a cidade com a desculpa de elaborar um moodboard e com a ideia de readquirir o prazer de flanar que tinha marcado seus primeiros tempos em Berlim.

E, com efeito, havia algo de parecido no ar. Os edifícios art nouveau decadentes tinham plantas nas janelas, ou haviam sido reformados com adição de vidro e aço que os assemelhava a aquários; as lousas em frente às cafeterias anunciavam não Nordseefrühstück, mas sim pastéis, embora fizessem o flat white com a mesma marca de leite de aveia; nos terraços reluziam os mesmos notebooks de alumínio, porém no rótulo das garrafas de cerveja estava escrito Sagres em vez de Tannenzäpfle, e o wi-fi era mais instável. Havia também galerias e espaços de arte independentes por ali — os stencils em Helvetica nas vitrines, o antigo piso recuperado que se destacava com o branco gélido das paredes de gesso —, por mais que a arte tivesse um ar um pouco menos hipster. As lojinhas para turistas ofereciam azulejos em vez de pedaços do muro. Era tudo diferente, que era o que buscavam; e mesmo assim, de alguma forma, era tudo igual. Isso também era o que buscavam, porém os deixava insatisfeitos. Em Lisboa, Anna e Tom se entediavam.

Passados os primeiros dias, não sabiam bem o que fazer com todo aquele tempo livre. O mar era gelado para quem não surfava. Sem a rede de contatos à qual estavam acostumados, as mostras tinham começado a interessar cada vez menos. A cidade possuía um fascínio imediatamente visível, condensado de história, que deixava as explorações repetitivas e muito parecidas com uma excursão turística, que não era a imagem de si que buscavam ter. Sem todo o resto ao redor, o trabalho era pouco interessante. A comida era menos cara do que em Berlim, mas também menos variada. Os filmes no cinema eram incompreensíveis por causa da dublagem; e só a ideia de ir ao cinema tinha algo de derrotista. Haviam encontrado a abundância do tempo, mas, de alguma forma, esse tempo acabava sendo desperdiçado. O entusiasmo parecia sempre um pouco mais à frente, fora de alcance.

Fizeram longas caminhadas pelas ladeiras entre o Bairro Alto, o Castelo, a Graça. Observaram as mercearias tradicionais nos majestosos prédios art nouveau da cidade baixa. Perceberam o quanto era difícil e caro, com o tempo, viver mais de poucos dias em um quarto de hotel sem cozinha. Conheceram algumas pessoas — um galerista italiano, uma astróloga francesa, pequenos grupos de programadores e jornalistas que tinham passado por Berlim e atracado ali alguns anos antes —, mas não era o tipo de encontro que podia se converter em amizade ou mesmo em uma mera convivência. Superadas as formalidades iniciais — uma troca de frases no banco de um miradouro, o empréstimo de um carregador ou de um saca-rolhas —, as conversas não iam além do baixo entretenimento. Trocavam informações sobre a estadia de cada um na cidade: faz dois meses; faz dois anos; temporária, mas com possibilidade de extensão; depende da casa, do trabalho, do clima. Identificavam-se de acordo com a posição ocupada na escala cinza do status de turista a de expatriado. Procuravam no Facebook por amigos comuns em Berlim, mas não tinham, ou eram pessoas que não conheciam de fato.

Na verdade, Anna e Tom gostariam de fazer amigos, de propor jantares, idas a festas ou aberturas, mas teriam se sentido patéticos. Não queriam demonstrar uma necessidade muito explícita de ter alguém em quem se agarrar. Como eles fizeram nos primeiros meses na Alemanha? Não havia sido tão diferente. Mas talvez a idade, talvez a sensação de profunda semelhança tenha tornado ainda mais fácil fazer programas com desconhecidos, com a certeza de que ficariam amigos. Agora, à noite, se dirigiam para o hotel dizendo que Tiago era simpático, Azzurra estava claramente cheirada, James lembrava alguém que já tinham visto em Neukölln. Mas não se iludiam achando que aqueles contatos se transformariam em algo que, no fundo, talvez não lhes interessasse de verdade. Mas o que lhes interessava?

Com cada vez mais frequência, passavam as noites no mesmo bar no Jardim de São Pedro, bebendo Sagres gelada e rolando pelas redes sociais para ver o que estava acontecendo em Berlim.

À medida que o outono avançava, um entusiasmo silencioso foi se intensificando entre os expatriados nas praças e nos cafés. As conversas em inglês eram mais frequentes e barulhentas. Estava para começar o Web Summit, que atrairia pessoas do mundo inteiro, isto é, das duas costas dos Estados Unidos, de Berlim e de Londres. O hotel seria inaugurado durante o evento, mas já estava aceitando hóspedes alguns dias antes.

Chegavam aos poucos, com malas de rodinha grandes para cobrir toda a duração do pacote *digital nomads* (que Anna e Tom conheciam muito bem, já que tinham desenvolvido todos os materiais promocionais): cinco, dez ou vinte semanas a meia pensão, com uma tarifa que compreendia também vales para os táxis e um calendário de aperitivos, flash-talks e cursos de mindfulness.

No primeiro dia do Summit, houve uma festa para os novos hóspedes, que coincidiu com a implantação do novo site e o fim do trabalho dos dois. Anna e Tom tinham dado por certo que prolongariam a sua estadia por mais algumas semanas, mas descobriram que, depois que acabasse o Summit, o hotel estava cheio. Disseram a si mesmos que aquilo, no fundo, era uma boa notícia, assim seriam obrigados a encontrar um lugar mais acolhedor. Aquela noite, ficaram até tarde no pequeno pátio repleto de analistas de blockchain e startupers de vinte anos que ensaiavam, com seus coetâneos embriagados, o pitch que apresentariam aos angel investors nos dias seguintes. A festa era patrocinada por uma marca de vodca e todos ficaram bêbados bem depressa. Conheceram alguém que conhecia suas inquilinas berlinenses, que de fato tinham escrito dizendo que estavam de partida para Lisboa, mas depois pararam de responder. Aceitaram um pouco de cetamina. Em um determinado momento se viram em um táxi com um hacker irlandês taciturno e uma israelense de cabelo rosa que, balbuciando, tentava convencê-los de alguma coisa sobre o futuro da inteligência artificial. Estavam indo a um evento onde tinha sido flagrado no Twitter um famoso empreendedor que queria levar a humanidade para Marte, mas de repente a jovem decidiu que a foto era uma jogada de marketing e pediu ao motorista para mudar o destino, dessa vez em direção a uma festa privada.

Desceram diante de um antigo palácio nobiliário de frente para o oceano. O portão estava aberto e havia uma aglomeração já no hall de entrada. Todos pareciam um pouco mais jovens do que eles, ou muito mais jovens do que eles. Vestiam roupas sociais e tinham piercings e tatuagens no pescoço, ou roupas esportivas simples e brilhantes. A israelense abriu caminho dando ombradas por vários degraus da escadaria em mármore, explicando — em resposta às observações maravilhadas dos dois — que o último andar pertencia a um psychedelic evangelist que havia anos vendia microdoses recebendo o pagamento em cripto e tinha ficado rico com a alta de Bitcoin. A cada degrau, a música ficava mais alta, mas por causa do eco e da multidão era impossível distinguir os sons, ouviam apenas uma espécie de rugido distante. Quando chegaram à cobertura, a multidão era ainda maior e a porta dupla estava bloqueada por dois seguranças e uma planta em um vaso. Para além da porta, via-se uma selva de cabeças iluminadas intermitentemente pela luz estroboscópica; os tetos eram altos e de estuque verde descolorido. Havia pessoas com moicanos fluorescentes. Pessoas que choravam.

Depois de uma gritaria confusa em português, do outro lado do caixa da EDM, seus dois acompanhantes rapidamente desapareceram por trás dos seguranças com um olhar de desculpas. Anna e Tom tentaram sem vontade entrar na festa, obrigando os seguranças a procurarem seus nomes na lista no tablet, torcendo para que não se dessem ao trabalho e os deixassem entrar sem problemas. Mas quando isso não funcionou, renunciaram sem insistir. Atrás deles, alguém reclamava. Sentiam no fundo dos bulbos oculares, nas têmporas, o entorpecimento pulsante da queda de cetamina. A atmosfera era sufocante; o piscar das luzes, opressor. Desceram correndo pelas escadas, abrindo espaço entre o corrimão e a fila de pessoas esperando para entrar, com uma necessidade crescente de um pouco de ar fresco. Na saída, sentaram-se no degrau de uma loja e, ao abrir o app de mapas, perceberam com alívio estarem a poucas ladeiras do hotel.

Demoraram muito para pegar no sono, debaixo de duas cobertas ásperas. O quarto não tinha aquecedor, e as janelas batiam nos caixilhos com as lufadas de vento oceânico. As noites estavam começando a esfriar.

Até aquele momento, tinham imaginado, sem confessá-lo completamente, que no fim surgiria um motivo para ficar em Lisboa os outros quatro meses — talvez até por mais tempo; que encontrariam uma casa barata e acolhedora, uma comunidade nova, uma promessa de transformação e crescimento que Berlim não parecia ser capaz de oferecer. No entanto, e sem a necessidade de discutirem sobre isso em detalhes, estava claro para ambos que não era bem assim. Depois de quatro dias de Web Summit e dois meses comendo em restaurantes decadentes, Anna e Tom admitiram a necessidade de uma distensão, um lugar acolhedor onde pudessem se apaixonar de novo pela sua vida.

Não demoraram muito para entender que em Lisboa isso não aconteceria. Nos sites de aluguéis de curta duração, as opções disponíveis eram poucas e muito caras, e — suspeitavam — provavelmente sem aquecedor. Ponderaram sobre torrar parte das economias para se conceder pelo menos um mês naquele que, pelas fotos, parecia ser um apartamento espaçoso e minimalista, mas, ao perceberem que lembrava seu apartamento de Berlim, mudaram de ideia.

Vários de seus amigos planejavam passar o verão na Sicília, e os dois disseram a si mesmos que não seria má ideia se antecipar à onda de artistas internacionais e encontrar um refúgio de frente para o mar, ou um retiro nas colinas, onde pudessem hospedar quem estivesse a caminho da Manifesta e desenvolver preguiçosamente alguma diagramação em um terraço ensolarado. É claro, seria impossível encontrar o lugar ideal para passar os meses frios com tão pouco tempo de antecedência, sobretudo ali de Portugal. O Airbnb oferecia apenas acomodações turísticas cafonas e muito caras — as frases inspiracionais bregas nas paredes, as prateleiras quadradas da Ikea, os sofás-camas com rodinhas — ou apartamentos escuros e empoeirados, cheios de móveis que eram evidentemente de um parente morto. Pouquíssimos tinham vista para o mar. Isso lhes pareceu um sinal animador: o potencial da área ainda era pouco aproveitado. Passeando, conversando com as donas de papelarias e os idosos nos bares, poderiam encontrar algo de especial cujas particularidades ainda não tivessem sido aniquiladas pela internet. Anna e Tom decidiram, de forma racional, alugar um carro e reservar uma primeira base barata no interior da ilha, e procurar dali uma acomodação melhor.

Trabalhariam todas as manhãs na mesa do jardim e passariam as tardes explorando as colinas que desciam gradualmente em direção à costa. Acabariam em um pequeno vilarejo deserto, com casas de pedra solta à venda por um euro e dariam início a um fluxo de criativos da Europa inteira. Ou, então, descobririam um vilarejo de pescadores distante e hostil ao turismo, e alugariam por um preço ridículo um apartamento do tabelião de notas da província no último andar de um prédio feio, mas com vista para o mar, com um grande terraço erguido sobre pilares de concreto armado e piso de caquinhos.

Por ora, encontraram uma casa geminada nos arredores de Noto que prometia um jardim e wi-fi. Havia uma espécie de vista para as colinas. A casa era feia — um cubo de tijolo aparente, cortinas de renda amareladas e azulejos de um branco encardido — e compartia uma parede com a casa dos proprietários; mas custava muito pouco, e as previsões para dezembro eram vinte graus a mais do que em Berlim. Parecia suficiente. Não, se corrigiram: parecia mais do que suficiente.

Voaram. Dirigiram. A sensação de serpentear pelas colinas de uma zona mediterrânea com as bagagens empilhadas no banco de trás fez com que se sentissem imediatamente em uma excursão; mas, ao se afastarem da costa, a região ia perdendo um pouco de seu esplendor, e parecia uma zona rural, que era exatamente o que era. A casa ficava no fim de um longo terreno poeirento, cercado por outras casinhas parecidas, que não tinham aparecido nas fotos. Um cachorro latiu assim que desligaram o motor e continuou latindo por muito tempo. Quando entraram — as chaves estavam debaixo do capacho —, foram acolhidos por uma baforada de mofo e cheiro de casa fechada. Os peitoris eram guardados por fileiras de cadáveres de moscas, leves e quebradiços como flores secas. Se abrissem um pouco as janelas, podiam ouvir o motor dos caminhões do outro lado da colina, onde passava a autoestrada Siracusa-Gela.

Esforçando-se para não desanimar, dividiram uma garrafa de cerasuolo no pequeno jardim de terra, enquanto deixavam a casa arejar. Tinham pagado somente quinze dias, com a possibilidade de prolongá-los caso não encontrassem outro lugar. Fizeram algumas piadas sobre sua falta de sorte e se prometeram ir embora antes do prazo de duas semanas, ainda que perdessem o dinheiro já depositado. Em vez disso, ficaram lá quatro meses e foram os mais infelizes de sua relação.

No começo, se esforçaram para manter o otimismo. Começavam o dia com uma caminhada pelos vinhedos poeirentos, à procura de falésias onde o barulho do trânsito não fosse excessivo. Trabalhar sem monitor externo era desconfortável, e o wi-fi precisava ser reiniciado, por simples superstição, a cada meia hora, mas, no geral, até que conseguiam se concentrar bem. Almoçavam a base de pão e fruta e queijo e à tarde pegavam o March alugado e dirigiam até a costa.

E no entanto, por algum motivo, não conseguiam encontrar aquilo que estavam buscando. Os vilarejos de pedra rústica nas colinas e as cidadezinhas sonolentas do barroco siciliano eram encantadores, mas hostis, fechados. Era difícil imaginar ter de passar ali parte de sua vida. Visitaram algumas imobiliárias, mas era impossível conseguir um apartamento para o tempo que precisavam — mais do que um aluguel de curta duração, menos do que um de longa — e, em todo caso, não havia nada que os convencesse. Os trajetos geralmente proporcionavam vistas impressionantes das colinas com vinhedos, torres cor de ocre e marfim nítidas em contraste com o brilho leitoso do céu; pelas janelas entreabertas, a brisa úmida e fresca lutava contra a música eletrônica que ouviam no rádio pelo bluetooth. Podiam se sentir de férias ou em uma viagem (não estavam), e caso se concentrassem em alguns detalhes, experimentavam a possibilidade de voltar a se deixar encantar pela vida, um pouco como quando se experimenta a possibilidade de se deixar levar pelo sono durante a escuridão da insônia. A felicidade estava ali, a um sopro de distância, acessível com uma simples operação mental; e mesmo assim, depois de um instante, a vista do esqueleto de cimento de um edifício inacabado, ou de um galpão em ruínas, cercado por lixo e carcaças de carro, bastava para levá-los a perceber que o que queriam ainda estava longe.

Depois de uma hora de estrada, e duas caminhando por vielas idênticas — os paralelepípedos escorregadios pela umidade, as quitinetes escuras no nível da rua, os mercadinhos caros demais, os condomínios modernos cuja tinta já descascava, os carros estacionados na calçada ou aglomerados na frente do portão das igrejas —, tomavam um Campari na mesa de plástico de um bar pensando que, no fim das contas, estavam na

Sicília, estavam perto do mar, estavam fazendo algo novo. Na baixa temporada, quase todos os restaurantes estavam fechados, então normalmente jantavam nas mesas de fórmica das cantinas típicas com letreiros de neon exagerados e sem opções vegetarianas. Saíam de lá com o estômago pesado de carboidratos e a sensação de terem sido enganados. No dia seguinte, recomeçavam.

Claro, havia sempre a costa; porém, de alguma forma, essa também era diferente de como a tinham imaginado. Não encontraram pescadores nas aldeias de pescadores, e nos barzinhos da praça principal não havia idosos que jogavam baralho, mas grupos de adolescentes com corpos rechonchudos e motos barulhentas, que os encaravam de uma forma que não os convidava a tirar da mochila os notebooks de alumínio cintilante. Os restaurantes tinham cardápios plastificados com fotos dos pratos e conjuntos pitorescos de nós de marinheiros nas paredes. É certo que havia vistas do Mediterrâneo de tirar o fôlego no pôr do sol, ou quintais com pés de limão siciliano em vasos e heras nos muros de pedra solta; mas claramente já cooptados pelo turismo de luxo, que tomava a forma de hotéis boutique com um SUV estacionado na frente. Deve ter havido um tempo no qual o que buscavam ainda existia, em que bastava pegar um trem ou uma balsa para que se desdobrasse outro mundo, autêntico e cheio de espaço, um mundo de vinho honesto servido em jarras e refúgios silenciosos na praia; mas perceberam que aquele tempo tinha passado, e por falta de intuição ou por atraso geracional, seriam obrigados a pagar caro. Não podiam se permitir.

Acabaram brigando. Tom lembrou que ele tinha sugerido ir para a Grécia. Sempre achara que a Sicília era uma má ideia, a enésima moda berlinense que havia nascido com o anúncio de que, no ano seguinte, sediaria uma bienal de arte. Dizia que tinha sido uma escolha conformista, uma estupidez, com tons que deixavam intuir que o conformista não era ele. Anna, magoada, lembrou de todas as pistas que ela tinha deixado no ar para que continuassem em Lisboa, onde teriam tido muito mais para fazer do que vagar pelo interior de uma ilha perseguindo ilusões. Essa ideia de retiro bucólico tinha sido uma obsessão de Tom desde o começo, e não precisavam desperdiçar meses e dinheiro naquele buraco para perceber que era de uma ingenuidade patética. No fim de dezembro, choveu sem parar por duas semanas, que passaram fechados em casa, dormindo mal e acordando com uma enxaqueca que misturava embotamento e rancor. As luzes da casa eram amareladas, insuficientes, como se vivessem em um eterno lusco-fusco. Trabalhavam em quartos separados, enviavam no Slack comentários sobre diagramações e artes gráficas. As tarefas eram extenuantes, repetitivas. O primeiro drinque passou das sete horas para as seis e meia, para as seis.

Celebraram uma virada do ano sem graça no terraço de um hotel na Catânia, de onde assistiram à queima de fogos de artifício sobre o mar, sem conseguir conter a preocupação de que alguém vandalizasse o carro estacionado na rua. À meia-noite, já estavam bêbados, e tiveram de se esforçar para terminar a garrafa de prosecco aberta à meia-noite, que não queriam desperdiçar. Às vinte para a uma da manhã, voltaram para o quarto e transaram mal, mas pelo menos transaram.

Como promessa de ano novo, decidiram tirar o melhor daquela situação. Voltaram a passear à tarde — até porque continuavam a pagar o aluguel do carro — mas pararam de se iludir achando que fosse algo diferente de turismo. Visitaram as igrejas barrocas, os vilarejos escavados na rocha, as vinícolas radicadas entre Vittoria e Donnafugata, as reservas naturais úmidas e com muito vento, a beleza sem saturação do Mediterrâneo no inverno. Concederam-se um fim de semana em uma almadrava transformada em hotel de luxo em uma pequena praia rochosa de água azul-esmeralda. Escalaram uma parte do Etna sentindo no rosto o ar quente da lava, ofuscados pelo excesso de claridade que os rodeava por todos os lados, contando as estufas e os edifícios abandonados a perder de vista em direção ao centro da ilha. Planejaram um passeio em Levanzo, mas tiveram de cancelá-lo devido às condições do mar.

Durante todo aquele período, continuaram a documentar nas redes sociais a sua vida de trabalho remoto. As imagens eram sempre encantadoras, sempre convidativas — os contornos de figos-da-índia, os Camparis na praia nas mesinhas de plástico vermelho, o pôr do sol entre os vinhedos, as fachadas escavadas nas pedras, os gatos de rua, os notebooks onipresentes, sinal de que não estavam de férias —, o registro de uma vida livre e aventureira, repleta de beleza e de concentração, salpicada por minúsculas surpresas. E mesmo assim, algo no espírito mudara. Antigamente, ao olhar imagens como essas, cientes do quanto as pessoas que as tiraram estavam frustradas e infelizes, eles se sentiriam defeituosos, culpados: como se a realidade das fotos prevalecesse sobre seus próprios sentimentos, e a incapacidade de desfrutar de uma vida tão desejável revelasse alguma falha em seu caráter. Essa insegurança tinha passado. Agora, aquelas imagens lhes pareciam uma farsa.

Observavam, com uma sensação crescente de impostura, o acúmulo de likes, davam zoom nos comentários em que os amigos mostravam inveja e perguntavam quando poderiam visitá-los. Por vezes, aquelas conversas se desdobravam em uma troca de mensagens com prints de voos e perguntas sobre hospedagem. Mas no fim das contas os programas nunca se concretizavam, e Anna e Tom não acharam estranho que, em todos aqueles meses, ninguém tivesse ido vê-los.

No fim de fevereiro, as inquilinas mandaram uma ameaçadora carta escaneada do Finanzamt. Anna e Tom poderiam ter respondido de lá mesmo, mas usaram a falta de confiança no serviço postal italiano como desculpa para antecipar a volta. Em Berlim, encontraram neve e boletos atrasados. Tiveram de organizar uma bizarra visita acompanhada à própria casa para se reabastecer de roupas invernais de que não esperavam voltar a precisar. Passaram as últimas três semanas cuidando das gatas de uma conhecida em Wedding, rancorosamente acampados como turistas naquela que continuava sendo sua cidade.

Quando se reapossaram da casa, não se sentiram como quem regressa de uma odisseia, mas somente cansados, com trabalho atrasado e um monte de coisas para limpar. Como todos, como em todo mês de abril em Berlim, se enfurnaram no trabalho esperando a primavera. Naquele ano, ela demorou a chegar.

4.
Futuro

A primavera chegará. Tentarão se reacomodar na vida de antes. Comemorarão o clima agradável levando o escritório para as mesinhas externas que os cafés terão acabado de resgatar dos porões. Encontrarão novos clientes entre empreendedores decididos a aproveitar a onda dos defumadores artesanais, dos pães de fermentação natural, do poke. Arriscarão ir a festas medindo o declínio de sua capacidade de metabolizar as drogas. Olharão, com uma ponta de ressentimento, os jovens de bicicleta elétrica, novas e flamejantes, recém-chegados de Seattle, Dublin, Frankfurt. Procurarão anúncios de trabalho para vagas in-house, mas perderão o interesse ao ver que requerem um bom nível de alemão ou inglês nativo. Nas horas mortas do trabalho, rolarão por perfis de velhos amigos do ensino médio, procurando demonstrações do fato de que não estão se saindo melhor. Discutirão com os amigos berlinenses sobre quanto terá ficado difícil, na cidade da abundância, encontrar uma casa maior, uma vaga para as crianças em uma Kita, uma mesa no tiffin, um analista anglófono, um ponto de recarregamento para o Tesla.

Perceberão ter cada vez menos interesse no trabalho. Passarão os dias deslocando, em alguns milímetros, uma guia, balanceando os tons cromáticos de uma interface responsiva segundo as particularidades dos vários displays, elaborando enésimas variações dos estilos visuais em voga em seu bairro, ou seja, na costa leste dos Estados Unidos, ou seja, em todo lugar. A imagem estática em tela cheia com um texto que vai passando por cima. O claim superdimensionado em fonte serifada e com ponto-final. O sanduíche do cardápio em cima à esquerda, em cima à direita. A sucessão de minivídeos como pano de fundo. A versão para tablet. Antes, o que tinham achado de interessante nisso tudo? Ficarão surpresos ao se questionar em quanto tempo a inteligência artificial será capaz de desenvolver a maior parte de seu trabalho. Ficarão surpresos ao se questionar se será uma pena. Como podiam ter escolhido passar seus dias *assim*, debruçados em frente à tela na sala de casa?

Mas haviam realmente escolhido? Quando tinham tolerado tudo isso, dirão a si mesmos, quando tinham até mesmo amado tudo isso era porque a repetitividade encontrava um contrapeso no crescimento contínuo e no horizonte sem fronteiras do resto de seus dias. Agora, pensarão, não restará nada.

Lembrarão, de forma irracional e carinhosa, dos meses infelizes na Sicília, do romantismo das noites debaixo das duas cobertas em Lisboa, da brisa salgada que inundava o interior do carro em Noto, onde a praia ficava a apenas vinte minutos dirigindo, que na verdade era uma hora. Serão tentados pela possibilidade de procurar, em outro lugar, o que tinham encontrado em Berlim anos antes, e o que tanto e de forma inútil tinham buscado naquele inverno. Mas será impossível: porque aquela abundância era o resultado de uma interseção específica entre a história da cidade e de sua vida. Com uma desorientação profunda, perceberão que não conseguem desvencilhar uma coisa da outra: e isso, essa impossibilidade de acessar uma versão objetiva do passado separada da nostalgia, será a experiência da nostalgia.

Por quanto tempo poderão continuar assim? Em teoria, para sempre.

O acaso — ainda que não seja exatamente acaso — irá salvá-los. No fim do verão, Anna receberá uma herança do tio, um engenheiro apaixonado por esportes radicais, que, sem contar com uma companheira ou filhos, lhe deixará a propriedade em que tinha investido todas as suas economias pensando em uma velhice de vinicultura e kitesurf. Será em uma praia famosa pelas festas de casamentos dos xeques. Anna e Tom passarão ali duas noites, a caminho do funeral no início do outono alemão, mas bastarão cinco minutos para decidir.

Será um complexo com um casarão, estábulo e celeiro, além de uma série de pequenos anexos e barracões, bem no meio das oliveiras nas colinas ressecadas pelo siroco. Os blocos de tufo amarelo serão revestidos de heras; a propriedade será cercada por um pequeno muro de pedra solta que acompanhará a trilha que leva até a costa. O ar será úmido e terá cheiro de poeira, de erva-doce selvagem, de sal; o solo seco e mineral dará um toque pungente ao vinho e ao azeite de oliva daquela terra. Ali, o tio de Anna tinha imaginado vastas fogueiras com os amigos nos verões infinitos de aposentado; espaços amplos e independentes para todos, um pergolado para os churrascos, o estábulo para as motos antigas e os anexos para as cubas de fermentação, para o equipamento de kitesurf, para o bote. Naturalmente, aqueles amigos também poderão ser hóspedes pagantes.

Essa partida será diferente. Antecederá uma série de encontros e drinques para contar aos amigos a nova aventura. O apartamento de Berlim continuará em seu nome — um contrato com aquele preço se tornará mercadoria rara —, mas encontrarão sublocadores de longo prazo para quem deixarão o lugar quase vazio. Serão precedidos por um furgão com as plantas, quase todos os móveis, os monitores externos, as louças esmaltadas, o tapete berbere, a coberta de espinha de peixe, os vinis, de modo que na festa de despedida não conseguirão encontrar copos para todos e terão de pedir copos de papel no Spätkauf da Pflügerstraße. Mostrarão aos amigos fotos da casa, da paisagem, do mar a poucos passos, e, pelo tom da promessa de irem visitá-los, captarão uma sinceridade que na Sicília não tinham detectado. Tomarão aquele que ambos afirmarão ser o último MDMA, acreditando nisso.

Irão embora, finalmente, emocionados e comovidos, com a melancolia de quem encerra um capítulo da própria vida, mas também com a energia impaciente de quem não vê a hora de começar o próximo. Tirarão uma fotografia de seu reflexo no vidro escuro do terminal de embarque de Schönefeld, procurando imitar a pose e as caretas daquela foto de tantos anos atrás. Durante o voo, colocarão os smartphones lado a lado para observar e comparar as fotos, dando zoom para detectar as rugas e as sombras nos olhares, e verão os anos: dois jovens que partem, dois adultos que retornam.

O inverno será um turbilhão. Terão mantido alguns contratos de graphic design, mas as coisas que precisarão fazer para arrumar a casa demandarão muito mais do que as jornadas de meio período que tinham previsto. Desenharão sozinhos todos os móveis — em perfil metálico de tom pistache, compensado de madeira nobre, superfícies de mármore —, que serão construídos por um artesão local. Recobrirão os espaços da casa com lâmpadas oversized de filamento visível e conduítes em tubos de cobre. Escolherão a roupa de cama de linho cru de Ostwestfalen, o esmalte das louças. Encontrarão um jovem chef da região disposto a criar um cardápio simples e genuíno para os cafés da manhã. Com um pouco de dinheiro e muitos e-mails, comprarão das galerias de seus amigos edições e múltiplos de artistas emergentes, que, junto com o mobiliário, darão àquele refúgio mediterrâneo um toque hipster berlinense. Escolherão aquecedores de ferro fundido. Pegarão outras plantas — figueira-de-bengala e fícus elastica para plantar ali onde o clima permite, mas também uma ou outra alfarrobeira, um pequeno bosque de álamos, limoeiros.

Ficarão com parte do andar de cima — um dormitório grande, duas habitações menores que, por um tempo, usarão como estúdio, uma sala de estar com uma lareira ornamental — e farão uma subdivisão do restante da propriedade em quatro partes, dois apartamentos com cozinha e uma casinha independente no estábulo. No térreo, sobrará espaço suficiente para uma sala de estar comum, uma biblioteca, a cozinha.

Pensarão também no site e no branding, na presença nas redes. Será a primeira vez que trabalharão assim juntos em um projeto — não só como designers, mas também como clientes —, e por algumas semanas encontrarão o gosto pela criação gráfica e a alegria de desenhar que pensavam ter perdido. Disporão roupas de cama e louças no chão para criar um protótipo de decorações e passarão horas felizes caminhando por pratos com estampas desenhadas à canetinha. Registrarão no Instagram todo o processo, com stories da reforma e enquetes improvisadas para decidir sobre o tema das suítes (no fim, vencerá a astrologia) ou dirimir uma discussão sobre a cor dos cardápios. Os seguidores crescerão rápido, graças à beleza pela qual estarão circundados e alguns impulsionamentos estratégicos.

Definirão um budget para a publicidade segmentada e uma estratégia de precificação inteligente. Chamarão uma amiga fotógrafa especializada em exposições, prometendo-lhe um pacote de hospedagem de cortesia em troca de fotos da parte interna da propriedade, através de uma série de imagens simétricas com a beleza abstrata da renderização. Para satisfazer os gostos nem sempre refinados dos turistas, postarão também umas fotos meio banais, oferecerão geleias no café da manhã e knäckebröd de fermentação natural em uma toalha de linho no jardim; taças de vinho laranja que refletem o muro de pedra solta e o pôr do sol; um espaço para leitura na biblioteca, chamas na lareira, a poltrona rodeada pela costela-de-adão tropical parecida com uma nuvem que os seguiu por meio continente de distância.

E enfim abrirão. Irão receber o primeiro grupo de hóspedes — alguns conhecidos de Berlim: um casal de galeristas napolitanos, uma jornalista estadunidense com o marido e um poeta sueco com a amante do momento; três influencers e dois repórteres de comportamento da imprensa local — em maio de 2019. Todos os hóspedes serão recebidos com uma garrafa de vinho de uma vinícola local, lanchinhos orgânicos, um bilhete de boas-vindas escrito à mão. O clima será perfeito — sol, brisa do mar, entardeceres frescos o suficiente para apreciar o calor do dia. As noites serão preenchidas pelo canto das cigarras e pelo perfume da erva-doce selvagem que cresce no muro de pedras.

Para Anna e Tom, será um fim de semana exaustivo. No check-out do último hóspede, domingo à noite, estarão tão cansados que não conseguirão nem terminar de beber a garrafa de Franciacorta, que tinham gelado para a ocasião. Ao acordar, no dia seguinte, encontrarão tudo sujo, os quartos desarrumados, e passarão um dia inteiro limpando, cobertos de pó e suados, acompanhados não pelo Eurovision, mas pela vibração da centrífuga da lava-roupas industrial. Farão um inventário das manchas de vinho, café, líquidos deixados no lençol de linho. Notarão arranhões no piso de barro cozido e copos trincados. Reservarão tempo para tirar fotos para o Instagram, mas terão dificuldades em sorrir para a lente só de pensar no trabalho que ainda falta completar. Farão alusões aos pequenos problemas que surgiram no fim de semana com tons acusatórios e sem propor soluções. Beberão no almoço, dormirão debaixo do sol e acordarão mal-humorados e desmotivados pelo calor, com enxaqueca e um monte de coisas para fazer.

Mas verão no smartphone a notificação das primeiras avaliações e todo mal-estar irá desaparecer. Serão três, e nenhuma terá menos do que cinco estrelas. Uma delas será de uma mulher com mais de trezentos mil seguidores, que também os mencionará em um post que falará, tal como combinado, da hospitalidade informal, mas impecável, da escolha dos vinhos naturais, da atmosfera simples e elegante, mediterrânea e, ao mesmo tempo, tão internacional.

Tudo é absolutamente perfeito, dirá o story que acompanha o post. *Exatamente como aparece nas fotos.*

Agradecimentos

Este livro nasceu como uma homenagem ao livro *As coisas*, de Georges Perec; e tudo aquilo que pode ter de bom deve muito a ele. Pude iniciá-lo graças à hospitalidade da Fondazione Santa Maddalena, em Donnini, e consegui terminá-lo graças ao apoio de uma bolsa para escritores do Senado de Berlim.

Por mais que o livro seja muito breve, a lista de quem permitiu sua existência — com o próprio afeto, com a própria paciência, com o próprio trabalho — é longa. Agradeço a Natalia Latronico, sempre;

a Morgan Arenson, Francesca Bertolotti-Bailey, Davide Coppo, Nicoletta Dalfino, Claudia Durastanti, Irene Fantappiè, Nicola Frau, Irene Graziosi, Stefan Heidenreich, Gideon Lewis-Kraus, Alma Lindborg, Dan Lucas, Tommaso Melilli, Silvia Pelizzari, Greta Plaitano, Veronica Raimo, Marco Rossari, Clara Rubin, Andrea Scarabelli, Clara Miranda Scherffig, Elvia Wilk;

a Iris Brusamolino, Giorgia De Angelis, Federica Gagliardi, Beatrice Gatti, Veronica Giuffré, Rosella Martinello, Beatrice Masini, Francesco Messina, Beatrice von Rezzori, Claire Sabatié-Garat, Alberto Saibene, Andrea Tramontana, Marco Vigevani.

Donnini, fevereiro de 2020 — Berlim, junho de 2021

Questo libro è stato tradotto grazie ad un contributo alla traduzione assegnato dal Ministero degli Affari Esteri e della Cooperazione Internazionale Italiano.

Este livro foi traduzido graças ao auxílio à tradução conferido pelo Ministério Italiano de Relações Exteriores e Cooperação Internacional.

Grafia atualizada segundo o Acordo Ortográfico da Língua Portuguesa de 1990, que entrou em vigor no Brasil em 2009.

citação p. 7
Georges Perec, *As coisas: Uma história dos anos sessenta*. Trad. de Rosa Freire d'Aguiar. São Paulo: Companhia das Letras, 2012.

capa
Polar, Ltda.
imagem de capa
Ivi Bugrimenko
preparação
Silvia Massimini Felix
revisão
Gabriela Marques Rocha
Érika Nogueira Vieira

Dados internacionais de Catalogação na Publicação (CIP)

Latronico, Vincenzo (1984-)
As perfeições / Vincenzo Latronico ; tradução Bruna Paroni. — 1. ed. — São Paulo : Todavia, 2025.

Título original: Le perfezioni
ISBN 978-65-5692-769-5

1. Literatura italiana. 2. Romance. 3. Ficção contemporânea. 4. *Millennials*. I. Paroni, Bruna. II. Título.

CDD 853

Índice para catálogo sistemático:
1. Literatura italiana : Romance 853

Bruna Heller — Bibliotecária — CRB-10/2348

todavia
Rua Luís Anhaia, 44
05433.020 São Paulo SP
T. 55 11. 3094 0500
www.todavialivros.com.br

fonte
Register*
papel
Pólen bold 90 g/m²
impressão
Geográfica